值得珍藏的世界微型小说丛书

U0570641

世界哲理小小说精选

本书编写组◎编

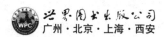

世界图书出版公司

WPC

广州·北京·上海·西安

图书在版编目（CIP）数据

世界哲理小小说精选／《世界哲理小小说精选》编
写组编 . —广州 ：世界图书出版广东有限公司, 2010. 11 （2024.2 重印）
ISBN 978 - 7 - 5100 - 1514 - 4

Ⅰ. ①世… Ⅱ. ①世… Ⅲ. ①小小说 - 作品集 - 世界
Ⅳ. ①I14

中国版本图书馆 CIP 数据核字（2010）第 217444 号

书　　名	世界哲理小小说精选	
	SHIJIE ZHELI XIAOXIAOSHUO JINGXUAN	
编　　者	《世界哲理小小说精选》编写组	
责任编辑	张梦婕	
装帧设计	三棵树设计工作组	
出版发行	世界图书出版有限公司　世界图书出版广东有限公司	
地　　址	广州市海珠区新港西路大江冲 25 号	
邮　　编	510300	
电　　话	020-84452179	
网　　址	http://www.gdst.com.cn	
邮　　箱	wpc_gdst@163.com	
经　　销	新华书店	
印　　刷	唐山富达印务有限公司	
开　　本	787mm×1092mm　1/16	
印　　张	13	
字　　数	120 千字	
版　　次	2010 年 11 月第 1 版　2024 年 2 月第 11 次印刷	
国际书号	ISBN　978-7-5100-1514-4	
定　　价	59.80 元	

前　言

　　小小说又名微型小说、袖珍小说等。过去它作为短篇小说的一个品种而存在，后来的发展使它已成为一种独立的文学样式。

　　一篇好的微型小说要富有哲理性。它要求作家具有极其敏锐的观察和洞察能力，不放过任何一种能反映日常生活的精彩瞬间，以及能及时捕捉住自己头脑中稍纵即逝的灵感。

　　人生哲理是无数前人成功经验和失败教训的规律性总结，是人类几千年生活智慧的结晶，揭示了许多做人与做事的深刻道理，蕴涵着成功的准则和幸福的真谛，是我们人生道路上最值得信赖的向导。哲理之于人生，就像照亮黑夜的明星、航行大海的罗盘，没有它的指引，人们将永远在盲目与混乱中摸索挣扎，举步维艰，找不到正确的方向。

　　本书从浩如瀚海的世界各国微型小说中精选了100多篇脍炙人口的名家之作，其最大的特点是哲理性强。因入选作品的作者大都知名度很高，碍于篇幅所限，故免去了作者生平简历的介绍，望读者理解。

目　　录

花园里的独角兽

[美国] 詹姆斯·瑟伯

从前，在一个阳光灿烂的早晨，有一个男人坐在厨房角落的小饭桌旁，刚从他的炒鸡蛋上抬起眼来就看见花园里有只洁白头顶上长着金色角的独角兽（独角兽相传与马相似，前额正中长有一角，性温和有"神兽"之称，象征吉祥），在安详地啮嚼着玫瑰花。这个男人上楼到卧室去，见妻子还在酣睡，他叫醒了她。"花园里有只独角兽在吃玫瑰花呢。"他说。她睁开了一只眼睛，不高兴地看了看他。"独角兽可是神兽。"她说完就又转过身去。男人慢慢下了楼，走出屋子来到花园。独角兽还在那儿，正在郁金香花丛中慢腾腾地嚼着。"来这儿，独角兽。"男人说，他拔起一枝百合花给它，独角兽悠然自得地把它吃了。由于花园里有只独角兽，这个男人喜出望外，又跑到楼上叫醒妻子。"那只独角兽吃了一枝百合花。"他说。他妻子从床上坐了起来，冷冷地看着他。"你真是个神经病，"她说，"我要把你关进疯人院里去。"这个男人从来都不喜欢"神经病"和"疯人院"这种字眼，在这阳光灿烂的早晨，花园里还来了只独角兽的当儿，听来就更不入耳了。他想了想说道："等着瞧吧。"他走到门口时又对她说，"它前额当中还有一只金色的角。"说罢，又回到花园去看那只独角兽了。但是，这时独角兽已经走开，这个男人就坐在玫瑰花丛中入睡了。

妻子等丈夫一离开屋子，就飞快地起了床，穿好衣服。她兴奋激动，眼里闪出幸灾乐祸的亮光。她打了个电话给警察队，又给一位精神病医生打了个电话。她叫他们马上来她家，再捎上一件给疯子穿的紧身衣（这是一种白色紧身衣，有很长袖子，可在疯人身后倒结使其动弹不得）。警察和精神病医生来到她家，坐在椅子上。颇感兴趣地看了看她。"我的丈夫，"她说，"今天早晨看见了一只独角兽。"警察瞧瞧精神病医生，精神病医生瞧瞧警察。"他对我说，它吃了一枝百合花，"她说。精神病医生瞅瞅警察，警察瞅瞅精神病医生。"他对我说，它的前额当中还有一只金色的角。"她说。这时警察见精神病医生发出的一个正式暗号，便一跃而起抓住了那个妻子。他们费了好大的劲才制服了她，因为她拼命挣扎，但是最后还是把她镇住了。就在给她穿上紧身衣的时候，她的丈夫走进了屋子。

"你对你妻子说你看见一只独角兽了吗？"警察问道。"当然没有啦，"那丈夫说，"独角兽可是神兽。""这就是我要知道的一切，"精神病医生说道，"把她带走吧。很对不起你，先生，可是你的妻子疯得跟一只樫鸟一样。"于是，她骂着、喊着，就被他们带走了。他们把她关进了疯人院。从此以后，这个丈夫过得很快活。

爱的契约

[美国] 威尔·斯坦顿

　　我和玛吉结婚的时候，经济上很拮据，且不说买汽车和房子，就连玛吉的结婚戒指还是我分期付款购置的。可是如今却大不相同了，人们结婚不但讲排场摆阔气，而且还聘请婚姻顾问，签订夫妇契约。听说有些学校还要开设什么婚姻指导课呢！

　　我真希望我和玛吉也能领受一下这方面的教益。这倒并不是说我们的夫妻生活不和睦。不，决非如此。要知道，我们在婚前就有了一个共同点——玛吉和我都不爱吃油煎饼。瞧，这不是天生的一对？然而我们结合的基础仅此而已。

　　我想，签订一种契约也许会使我们的家庭生活走上正轨。于是，我决定和玛吉谈谈。

　　"玛吉，"我说，"婚姻对人的一生至关重要。可是我们结婚的时候……"

　　"你在胡扯些什么？"她不由得一愣，手里的东西掉了下来。

　　"瞧，香蕉皮都掉在地上了。"我有意岔开她的话题，"垃圾筒都满了。要是你及时去倒，就不会有这种事了。"

　　"四个孩子，十间房间，你关心的却是香蕉皮。"她生气地说。

　　我从口袋里掏出一本名为《婚姻指南》的手册："这本书是我从药房里买来的。"没等我说完，玛吉已拎起垃圾筒赌气地往外走去。没关系，结婚教会我最大的秘诀就是忍耐，忍耐就是成功。她回到屋里后，我接着说："这里有一份夫妇契约的样本，是由一对名叫莫里森和罗沙的夫妇签订的，它适用于任何夫妇。"

玛吉显然对这话题感兴趣，"讲下去。"她催促道。

我打开书念道："第一，分析每对夫妇过去的生活——是否有遗传病或精神病史，是否有吸毒嗜好和犯罪历史，是否有……"

"别说了，我不想再听下去。"她失望地说，"只有傻瓜才会和这种人结婚。"

"当然，"我解释说，"这并不是说莫里森和罗沙也有过这类事情。但是，了解情人的过去总要比蒙在鼓里一无所知好得多。这样蜜月结束后，即使碰上令人难堪的事情，你也不会感到束手无策了。"

"这些对我们来说已经为时过晚了。"

"怎么会为时过晚呢？一切可以从头开始。要是我们现在也签订一份契约的话……"

"签订什么？"玛吉吃惊地问。

"签订契——约。"我故意拖长了音调。

"为什么？"玛吉疑惑地问。

"因为契约有着一种不可抗拒的约束力。另外，它还能合理地分配我们之间的责任和权力。"我停顿了一下，建议说，"让我们也签订一份契约吧！比如每逢单年由你决定到哪儿去度假，双年则由我说了算。"

"要是轮到我作主时，正碰上手头没钱，那我们不是只能呆在家里了吗？"她反问。

"不错，但这只不过是一种特殊情况。"我说，"另外，契约也不是一成不变的，我们可以酌情处理嘛。"

"如果契约可以随意改变，那它还有什么用处呢？"玛吉反驳说。

"言之有理。"我说，"想不到你还知道这些基本常识。"

"如果你也懂得这些常识，就不会提出签订什么契约了。"

"要知道，女人经常喜欢谈论平等和自由。一张契约至少可以解决这方面的问题。"我辩解说。

"你不懂，亲爱的，"玛吉两眼紧盯着我的脸，激动地说，"平等对女人来说无关紧要，关键是男人是否值得她们爱。要是一个女人真心爱上了一个男人，她就会做一切事情来使他快活。这决不是那张该死的契约所起的作用，而是她自己情愿这样做。"说完便转身走进隔壁的厨房。

没想到玛吉竟懂得这么多的道理。我终于认输了。

"要喝咖啡吗？亲爱的，我刚煮了一壶。"玛吉探出半个身子温柔地问道。

"咖啡？太好了。"我转过身来看见她嘴里咀嚼着什么，"你在吃啥？"

"油煎饼，想尝尝吗？"她笑着问。

我的天啊！我和玛吉共同生活了十七年，难道她还不知道我讨厌油煎饼？她自己也是一看到油煎饼就会呕吐的，这到底是怎么回事？我走进厨房。

"玛吉，你喜欢吃油煎饼？"我不解地问。

"是啊，怎么啦？"她神秘地眨了眨眼。

"记得我们第一次约会，我给你要了杯咖啡，问你是否要油煎饼，你拒绝了，说是你不喜欢。"

"是的，你记得不错。"她爽快地说，"可是当时你口袋里只有五角钱，还是向别人借的。"

"可油煎饼只需要一角钱呀！"

"别打肿脸充胖子，那样你回家的车钱就没啦。"说着，她忍不住大笑起来。

这下我哑口无言了。"哎——"我窘迫地长叹了一声。

接着，玛吉诙谐地说："莫里森和罗沙的契约可能是一纸空文。今后我们生活中也许会遇到许多问题，因为罗沙肯定不曾替莫里森考虑过是否有回家的车钱这类事。"她停顿了一下，意味深长地说，"爱的契约不是签订在纸上的，它只能体现在情人相互体谅和关怀之中。"

这时我才恍然大悟。玛吉真是个好妻子，谁能像她那样初恋时就如此了解和体贴我啊！我坐在她身边，贪婪地吃着热腾腾的油煎饼，嘿，味道还真不错哩！

过了会儿，我也从包里拿出两只油煎饼——早晨我瞒着玛吉买的，递给她一只说："我以前不吃油煎饼，但我可以从头学起！"

中彩之夜

[美国] 约·格立克斯

第二次世界大战前，我们家是纽约城里唯一没有汽车的人家。当时，我十多岁，已经懂事了。在我看来没有汽车，就说明我家的生活处于最贫穷困苦的境地。

我们每天上街买东西，总是坐一辆简陋的两轮柳条车，拉车的是一匹老谢特兰马。我母亲像《大卫·科波菲尔》里的人物那样，把它叫做巴尔克斯。我们的巴尔克斯是一匹既可笑又难看的小种马。它长着四条罗圈腿，马蹄踏在地上发出呱哒呱哒的声音，仿佛是在说，我们家里穷得叮当响。

我父亲是个职员，整天在证券交易所那囚笼般的办公室里工作。假如我父亲不把一半工资用于医院费以及接济给比我们还穷的亲戚，那么我们的日子倒还过得去。事实上，我们是很穷的。我们的房子已经完全抵押出去。一到冬天，食品商就把我们家作为欠债户记在帐册上了。

我母亲常安慰家里人说："一个人有骨气，就等于有了一大笔财富。在生活中怀着一线希望，也就等于有了一大笔精神财富。"

我挖苦地反驳说："反正你买不起一辆汽车。"而母亲在生活上处处力求简朴，在母亲的悉心料理下，家里的生活还是有趣的。母亲知道如何用几码透明印花棉布和一点油漆派上正当用场的诀窍。可是，我们家的"车库"中仍旧拴着巴尔克斯那匹马。

几星期后，一辆崭新的别克牌汽车在大街上那家最大的百货商店橱窗里展出了。这辆车将在市集节日之夜以抽彩的方式馈赠得奖者。

那天晚上，我呆在人群外面的黑影里，观看开奖前放的焰火，等候着这一高潮的到来。用彩旗装饰一新的别克牌汽车停放在一个专门的台子上，在十几只聚光灯的照耀下，光彩夺目。人们鸦雀无声地等待着市长揭开装有获奖彩票的玻璃瓶。

不管我有时多么想入非非，也从来没有想到过幸运女神会厚待我们这个城里唯一没有汽车的人家。但是，扬声器里确实在人声叫着我父亲的名字！这时，我从人群中慢慢往里挤。市长把汽车钥匙交给我父亲，我父亲在"星条旗万岁"的歌声中把汽车缓缓地开出来。

回家的路尽管有一哩远，我拼命地跑，好像别克牌汽车载着我的女友去参加舞会似的。家里除起居室有灯光外，其他地方一片漆黑。别克牌汽车停在车道上，前窗玻璃闪闪发光。而我听到从车库里传来巴尔克斯的喘息声。

我气喘吁吁地跑到汽车前，抚摸一下它那光滑的车篷，开了门，坐进去。里面装饰豪华，散发出新汽车的奇异气味。我端详了一下闪闪发光的仪器板，得意洋洋地坐在靠背椅上。我转过头去，观望窗外的景致，这时，从汽车的后窗看到父亲强壮的身影。他正在人行道上散步。我跳出车，"砰"一声关上车门，朝他奔去。

父亲却向我咆哮着："滚开，别呆在这儿！让我清静清静！"

他就是用棍子敲我的头，也不会比这更伤我的心了。他的态度使我大为吃惊，我只得走进家门。

我在起居室里见到母亲，她看我悲伤的样子说："不要烦恼，你父亲正思考一个道德问题。我们等待他找到适当的答案。"

"难道我们中彩得到汽车是不道德的吗？"我迷惑不解地问。

"汽车根本不属于我们，这就是问题的关键。"母亲说。

"我歇斯底里地大叫："哪有这样的事？！汽车中彩明明是广播宣布的。"

"过来，孩子。"母亲轻声说。

桌上台灯下放着两张彩票存根，上面号码是 348 和 349。

中彩号码是 348。"你看到两张彩票有什么不同吗?"母亲问。

我仔细看了一下说:"我只看到中彩的号码是 348。"

"你再仔细看看。"

我看了好几遍,终于看到彩票上有个用铅笔写的淡淡的 K 字。

"可以看到一点点。"

"这 K 字代表凯特立克。"

"吉米·凯特立克吗? 是爹的老板?"

"对。"

母亲把事情一五一十跟我讲了。当父亲对吉米说,他买彩券的时候可给吉米代买一张,吉米咕哝说:"为什么不可以呢?"老板说完,就去干自己的事了。过后可能再也没想到过这事。父亲就用自己的钱以自己的名义买了两张彩票,348 那张是给凯特立克买的。现在可以看得出来那 K 字是用大拇指轻轻擦过,正好可以看得见淡淡的铅笔印。

对我来说,这是一目了然的事情。吉米·凯特立克是个亿万富翁,拥有十几部汽车,仆人成群,还有两个雇用的司机。对他来说,增加一辆汽车简直等于我们巴尔克斯的马具里多个马嚼子。我激动地说:"汽车应该归我爸爸。"

母亲平静地说:"爸爸知道该怎么做是正当的。"

最后,我们听到父亲踏进前门的脚步声。我静静地等待着结局。父亲走到饭厅的电话机旁,拨了号码。他是打给凯特立克的。等了好长时间,最后,凯特立克的仆人接了电话,说老板在睡觉。他讨厌电话铃声把他从梦中惊醒,显得十分不高兴。我父亲把整个事情对他说了一遍。第二天中午,凯特立克的两个司机来到我们这儿,把别克牌汽车开走了。他们送给我父亲一盒雪茄。

直到我成年以后,我们才有了一辆汽车。随着时间的流逝,我母亲的那句格言"一个人有骨气,就等于有了一大笔财富"具有了新的含义。回顾以往的岁月,我现在才明白,父亲打电话的时候,是我们最富有的时刻。

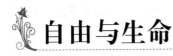

自由与生命

[美国] 索尔·贝洛

　　八月的一天下午，天气暖洋洋的，一群小孩在十分卖力地捕捉那些色彩斑斓的蝴蝶，我不由自主地想起童年时代发生的一件印象很深的事情。那时我才12岁，住在南卡罗来纳州，常常把一些野生的活物捉来放到笼子里，而那件事发生后，我这种兴致就被抛得无影无踪了。

　　我家在林子边上，每当日落黄昏，便有一群美洲画眉鸟来到林间歇息和歌唱。那歌声美妙绝伦，没有一件人间的乐器能奏出那么优美的曲调来。

　　我当机立断，决心捕获一只小画眉，放到我的笼子里，让她为我一人歌唱。

　　果然，我成功了。她先是拍打着翅膀，在笼中飞来扑去，十分恐惧。但后来她安静下来，承认了这个新家。站在笼子前，聆听我的小音乐家美妙的歌唱，我感到万分高兴，真是喜从天降。

　　我把鸟笼放到我家后院。第二天，她那慈爱的妈妈口含食物飞到了笼子跟前。画眉妈妈知道这样比我来喂她的孩子要好得多。看来，这是件皆大欢喜的好事情。

　　接下来的一天早晨。我去看我的小俘虏在干什么，发现她无声无息地躺在笼子底层，已经死了。我对此迷惑不解，不知发生了什么事，我想我的小鸟不是已得到了精心的照料吗？

　　那时，正逢著名的鸟类学家阿瑟·威利来看望家父，在我家小住，我把小可怜儿那可怕的厄运告诉了他，听后，他作了精辟解释："当一只母美洲画眉发现她的孩子被关进笼子后，就一定要喂小画眉以致死的毒莓，她似乎坚信孩子死了总比活着做囚徒好些。"

从此以后，我再也不捕捉任何活物来关进笼子里。因为任何生物都有对自己自由生活的追求，而这种追求无疑是值得肯定的。

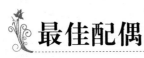

最佳配偶

[美国] 斯蒂芬·麦克勒

　　我走进办公室，跟笑容满面的布列乔先生握了握手，跟我相比，他衣着十分讲究。他手里在搬弄着一叠纸，就像在搬弄着一叠煎饼。

　　"我相信，你准定会对她十分满意。"他说，"她可是我们用求同计算机，从符合推选条件的一亿一千多万美国妇女中挑选出来的，我们按种族、宗教、人种、生活地区，对这些妇女进行了分类……"

　　我坐在那儿津津有味地听着，心想要是来这儿之前先冲个淋浴，那该多好。这儿的办公室清洁宜人。不过那张椅子令人坐得不太惬意。

　　"好，来啦……"他说着，像魔术师那样"砰"的一声把通向隔壁房间的门忽地打开。本来我心里就像揣了只兔子，怦怦直跳，这时就更手足无措了。

　　说真的，她长得很标致，真的！帅极了！

　　"沃克先生，这是蒙大拿州拉芬湖的邓菲尔德小姐。邓菲尔德小姐，这是纽约的弗兰克林·沃克先生。"

　　"就叫我弗兰克好了。"我唯唯诺诺，显得有点紧张。她确实太美了！您不妨想象一下。

　　布列乔刚走开，我们就聊了起来。

　　"您好！我，我，我对计算机为我选中的您，感到十分称心。"我竭力想把语调放温和些。也许，把她称为计算机选中的人，她不一定高兴。"我是说，我对事情发展的结果感到满意。"

她莞尔一笑，露出了一排齐整的牙齿。

"谢谢您，我也是。"她腼腆地说。

"我，三十一岁。"我唐突地冲口而出。

"我知道，这些全都记在卡片上。"

这场谈话似乎就要这样结束了。卡片上什么都介绍得清清楚楚，所以确实没有什么好谈了。

"今后打算要孩子吗？"她先找了个话题。

"当然，两个儿子，一个女儿。"

"正合我的意，这记录在卡片上的未来计划一栏，哎，就在那儿。"她指点着说。

我这才注意到我手里那一扎文件似的东西，第一页上贴着一张国际商用机械公司出品的计算机卡片，卡片上印有关于邓菲尔德小姐的重要数据。显然，她手中的那一扎"文件"，每翻阅一页，都要发出很大的声响。

"文件"里说，她喜欢古典音乐（记录在兴趣爱好与生活习惯栏）。"您喜欢古典音乐？"

"对，比任何东西都喜欢，另外，我还收藏着弗兰基·拉尼歌曲的全部录音。"

"这倒是位红极一时的歌唱家。"我赞许地附和着。

我俩的目光继续在字里行间浏览着。我注意到，她的爱好：看书、看球赛、看电影爱坐前排，睡觉时爱把窗户关上，养狗，养猫，养金鱼、养金枪鱼，爱吃用意大利香肠做的三明治，穿着朴素，将来要送孩子上私立学校，住在郊外，参观美术展览馆……

她抬起了头："我们所有的爱好都很一致。"

"毫无两样。"我加上一句。

我又读了标题为"心理状况"的记录：她生性羞怯，不爱争论，讲话拘谨，属于贤妻良母型。

"我很高兴，您既不抽烟又不饮酒。"她满意地说。

"是的，我与烟酒无缘，只偶尔喝点啤酒。"

"栏目里没有提到啊。"

"哦，也许没写上，这是我的疏忽。"我希望她不会放在心上。

我俩终于各自看完了手里的"文件"。

最后，她说："我们俩非常相像。"

我和爱丽丝结婚整整九年了，已经有三个孩子，两男一女。我们住在郊外，听着古典音乐和弗兰基·拉尼的录音。我俩最后一次争吵是很久以前的事了，所以早被我忘得一丁二净。在每一件事上，我俩几乎都能步调一致。她是一个贤妻，我也可以算是个好丈夫。我们的婚姻真是完美无缺。

眼下，我却盘算着下个月就去离婚。这种日子我再也过不下去了！

重修旧好

[美国] 爱德华·齐格勒

与旧交之交谈了下来。本来大家来往密切，却为一桩误会而心存芥蒂，由于自尊心作祟，我始终没有打电话给他。

多年来我目睹过不少友谊褪色——有些出于误会，有些因为志趣各异，还有些是关山阻隔。随着人的逐渐成长，这显然是无可避免的。

常言道：你把旧衣服扔掉，把旧家具丢掉，也与旧朋友疏远。话虽如此，我这段友谊似乎不应该就此不了了之的。

有一天我去看另一位老朋友，他是牧师，长期为人解决疑难问题。我们坐在他那间总有上千本藏书的书房里，海阔天空地从小型电脑谈到贝多芬饱受折磨的一生。

最后，我们谈到友谊，谈到今天的友谊看来多么脆弱。

"人与人之间的关系非常奥妙，"他说，两眼凝视窗外青葱的山岭，"有些经久不衰，有些缘尽而散。"

他指着临近的农场慢慢说道：

那里本来是个大谷仓，就在那座红色木框的房子旁边，是一座原本相当大的建筑物的地基。

"那座建筑物本来很坚固，大概是1870年建造的。但是像这一带的其他地方一样，人们都去了中西部寻找较肥沃的土地，这里就荒芜了。没有人定期整理谷仓。屋顶要修补，雨水沿着屋檐而下，滴进柱和梁内。

"有一天刮大风，整座谷仓都被吹得颤动起来。开始时嘎嘎作响，像艘旧帆船的船骨似的，然后是一阵爆裂的声音。最后是一声震天的轰隆巨响，刹那间，它变成了一堆废墟。

"风暴过后，走下去一看，那些美丽的旧橡木仍然非常结实。我问那里的主人是怎么一回事。他说大概是雨水渗进连接榫头的木钉孔里。木钉腐烂了，就无法把巨梁连起来。"

我们凝视山下，谷仓只剩下原是地窖的洞和围着它的紫丁香花丛。

我的朋友说他不断想着这件事，终于悟出了一个道理：不论你多么坚强，多有成就，仍然要靠你和别人的关系，才能够保持你的重要性。

"要有健全的生命，既能为别人服务，又能发挥你的潜力，"他说，"就要记着，无论多大力量，都要靠与别人互相扶持，才能持久。自行其道只会垮下来。"

"友情是需要照顾的，"他又说，"像谷仓的顶一样。想写而没有写的信，想说而没有说的感谢，背弃别人的信任，没有和解的争执——这些都像是渗进木钉里的雨水，削弱了木梁之间的联系。"

我的朋友摇摇头不无深情地说：

"这座本来是好好的谷仓，只须花很少功夫就能修好。现在也许永不会重建了。"

黄昏的时候，我准备告辞。

"你不想借用我的电话吗？"他问。

"当然，"我说，"我正想开口。"

喜儿糕

[美国] 默特尔·波特

我念小学二年级时，有一天一下课回家就扑进妈妈的怀里抽泣着说：
"课间休息时，一个男同学高声说：'默特尔，默特尔，慢得像龟没法逃，长得这样胖怎么好。'然后人人都跟着他说了。他们为什么要嘲笑我？我该怎么办？"

"我想最好的办法就是：他们要开你的玩笑，你就跟他们一起闹好了。"

"怎么闹？"

"我们不妨用喜儿糕试一试。"妈妈说，她的眼睛闪闪发亮。

"喜儿糕？"

"对！默特尔的喜儿糕。我们现在就来做。"

很快厨房里就弥漫着烘烤巧克力、椰丝、奶油和果仁的香味。面粉团刚烤成浅咖啡色，妈妈就把蛋糕从烤箱里取出。"你的班上有多少个同学？"她问。

"一共23个。"我回答道。

"那么我就把喜儿糕切成28块。每个学生一块，老师汤姆金斯太太一块，再给她一块带回去给她的丈夫，还有一块给校长——剩下两块我们现在就吃。"

"明天我开车送你到学校之后，"妈妈说，"会先去跟汤姆金斯太太谈谈。到时候她会叫你的同学排好队，然后一个接着一个地对你说：'默特

尔，默特尔，请你给我一块喜儿糕！'

"跟着，你就从盘子里铲起一块来，放在餐巾纸上，对同学说：'我是你的朋友默特尔，这是你要的喜儿糕！'"

第二天，妈妈所说的全都实现了。从此以后，同学作的第一首打油诗没有人再念了。我反而不时听到同学念道："默特尔，默特尔。给我烤个喜儿糕！"妈妈在万圣节、圣诞节和情人节都烤喜儿糕，给我带到学校分给同学。昔日嘲笑我的人都成了我的朋友。

多年之后，我查阅"烹任大全"，想寻找"喜儿糕"这道点心，结果当然找不到。这是妈妈独创的食谱，但最重要的原料却是人人都有的，那就是"你想人家怎样待你，你也要怎样待人"。

干蠢事的 "前奏"

[美国] 罗伯特·福尤姆

那是 1959 年的夏天，我在一个小客栈找到一份在柜台值夜班和给马厩添饲料的工作。每晚当班时，总见即将回家的老板不客气地告诫"不可马虎。我会天天查的！"那时我 22 岁，刚从大学毕业，血气方刚，对这位从无笑容的老板大为不满。

一星期过去了，雇员们每天一顿的午餐一成不变：两片牛肉熏肠，一点泡菜和粗糙的面包卷。我越吃越没味。午餐的钱竟还是从我们的工资中扣除的。"简直是法西斯分子！"我变得难以忍受了。

我确实被激怒了。没有发泄的对象，我只能向来接我夜班的西格蒙德·沃尔曼大发牢骚。我宣称："总有一天，我要端一盘牛肉熏肠和泡菜去找老板，把这些东西一古脑儿朝他脸上扔去。""这地方真见鬼，我马上卷铺盖离开这里！"

我越讲火气越大，滔滔不绝地嚷嚷了近二十分钟，中间还夹杂着拍桌子声和下流的骂骂咧咧。此刻，忽然注意到西格蒙德·沃尔曼一直不动声色地坐在那儿，用他那悲伤、忧郁的眼神看着我。他当然有充分的理由悲伤、忧郁、因为他是犹太人，奥斯威辛集中营的幸存者，瘦弱，不停地咳嗽整整伴随了他三年。他似乎特别喜欢夜晚的工作，这样他感到安静，有足够的时间和空间回忆可怕的过去。对他来说，最大的享受莫过于没有人再强迫他该干什么。在奥斯威辛，他就梦想着这个时光。

"听着，福尤姆，听我说，你知道自己错在哪里吗？不是熏肠，不是泡菜，不是老板，不是厨师也不是这份工作。"

"我有什么不对？"

"福尤姆，你认为自己什么都懂，但你连小小的挫折与真正的困难都分不清。假如你摔断了脖子，假如你整日填不饱肚子，假如你家的房子着火了——那才是遇到了难以对付的困难哩。任何事情都不可能尽如人意，生活本身就充满矛盾，它像大海波涛一样起伏不平。学会区分什么是小小的挫折，什么是大的困难，不为小事而发火，你就会长生不老。祝你晚安。"

在我的一生中，很少有人这样看透我。在漫长的黑夜中，西格蒙德·沃尔曼朝我这个大饭桶踢了一脚，在我脑子里打开一扇窗户。

如今，30年过去了，每当我面临困境，遇到挫折，想大发其火，怨天尤人时，一张悲痛而又忧伤的脸就出现在我面前并问我："难以克服的困难，还是小小的挫折？"

生活之海波浪起伏。麦片粥结块了，或者胸腔里出现肿块，这当然完全不同，但是有人却似乎分辨不清，动辄发火，干出蠢事。晚安，西格蒙德·沃尔曼。

门前天使

[美国] 雪利·贝切尔德

　　本那天早晨送牛奶到我表哥家时，不像往常那样开朗。这个身材瘦小的中年男子似乎没心情与别人闲聊。

　　那是 1962 年 11 月下旬，我刚搬到新住处不久，看到仍有送奶工把牛奶送到各家门前，感到非常高兴。有几个星期，我和丈夫、孩子暂住在我表哥家，四处找房。慢慢地我喜欢上本的妙语连珠了。

　　可是今天他却一脸不高兴，把篮里的牛奶拿出来，重重地放在门前。我旁敲侧击，几经探问，他才有些难堪地告诉我，有两户没付钱就搬家了，他只能自己赔偿损失。其中一家欠了 10 美元，另一家竟拖欠了 79 美元，并且没留下新地址。本因为自己愚蠢地让他们赊了这么多帐感到十分恼火。

　　"她是个漂亮女人，"他说，"有 6 个孩子，还怀着一个。她总说等她丈夫找到职业后马上付钱。我相信了她。我多傻！我以为我在做好事，可我却得了个教训。我上当了！"

　　我只能说："我为你的遭遇感到难过。"

　　我再次见到他时，他好像更愤怒了。他一提起那群邋遢的孩子喝光了他的牛奶就怒不可遏。那可爱的人家在他眼中成了一群顽劣之徒。

　　我对他再次表示同情，绝不提此事。但本走后，我还是在想他的问题。希望能帮助他。我担心这件事会伤害一个热心人。于是冥思苦想该怎么办。我想起圣诞节就要来临了，以前我祖母常说："要是有人抢你的东西，就干脆送给他，这样谁也不能再从你身上抢走什么了"。

下一次本送牛奶来时，我告诉他我有办法让他为那失去的79美元感觉好些。

"什么方法都没用，"他说，"不过你还是讲吧。"

"把牛奶送给那女人吧，就算是需要牛奶的孩子们的圣诞礼物。"

"你在开玩笑吧？我甚至没有送过我妻子这么贵重的礼物。"

"你知道《圣经》上说：我是过客，你招待了我。你就算是招待了她和她的孩子吧。"

"你是说她没有欺骗我？问题是那不是你的79美元。"

我暂且不提此事了，但我还是认为我的建议会奏效的。

以后他送牛奶来时，我就逗他说："你送牛奶给她了吗？"

"没有，"他厉声道，"不过我在考虑送我太太一份79美元的礼物，除非又有一位漂亮的母亲想利用我的侧隐之心。"

每次我问起这个问题，他看上去好像都会开朗一些。

离圣诞节还有6天，奇迹出现了。他来时满面笑容，两眼闪光。"我送她了！"他说，"我把牛奶当作圣诞礼物送给她。这不容易，但我又损失了什么呢？钱反正找不回来了，不是吗？"

"是这样，"我也为他高兴，"可你得是诚心诚意要送她。"

"我知道。我的确是诚心诚意的。而且我真的感觉好多了，圣诞节我的心情很好。因为我的缘故那些孩子的麦片里又多了许多牛奶。"

圣诞假期来去匆匆。两个星期后，一个阳光明媚的早晨，本几乎是跑着过来的。他咧嘴笑着说："知道我要告诉你什么？"

他解释说，他替另一位送奶工跑了其他的路线。他听到有人叫他的名字，抬头望见一个女人向他跑来，手里挥着钱。他立刻认出了她——那个有一群孩子，没有付他奶钱的女人。她怀抱着用小毯子裹着的婴儿，风把她褐色的长发吹到眼前。

"本，等一下！"她叫道，"我来还你钱啦。"

本停下货车，走下来。

"我很抱歉，"她说，"我真的是要付你钱的。"她解释说她的丈夫一天晚上回来，告诉她找到了一处便宜的公寓，还得到一份夜工。这一切来得那么突然，她竟忘记留下地址。"可我一直在攒钱，"她说，"先还你20美元。"

"没关系。"本答道。"钱已经付了。"

"付了！"她叫道，"什么意思？是谁付的？"

"我付的。"

她望着他，仿佛他是天使加百利。她哭了起来。

"那你怎么做的？"我问。

"我不知该怎么办，就搂住她。我不知道怎么也哭起来了。然后我又想起那些孩子的麦片里都有牛奶。谢谢你告诉我这么做。"

"你收了那20美元？"

"当然没有，"他激动地说，"那些牛奶是我送给她的圣诞礼物。你说不是吗？"

魔 笛

[美国] 富兰克林

在我 7 岁生日那天，亲友们把钱币塞满了我的口袋。我高兴极了，马上到一家儿童玩具小铺去买东西。路上，我碰到一个男孩，他手拿短笛吹奏着，那抑扬顿挫、悠悠动听的笛声把我紧紧吸引得入魔了，我心甘情愿地掏尽口袋里所有钱币换取了这个小玩具。我一回家，就大吹特吹起来。我非常喜爱这个"魔笛"，但全家却很讨厌这怪玩意儿。我的兄弟姐妹和堂兄弟，告知我付出了四倍于这个短笛的高价。此刻，我才恍然大悟，用这么多的钱，可以买好多好多的东西呀！大家嘲笑我是小傻瓜，我懊丧得痛哭起来。我觉得，这"魔笛"带给我的不是愉快，而是烦恼。

吃一堑，长一智。从此以后，每当我打算买非必需品时，总是告诫自己说："切莫花太多的钱去买'魔笛'。"这样，我逐渐学会了节约。

长大后，观察人世间芸芸众生，我发现：许多人付出了巨大代价去买各自的"魔笛"。我目睹：有些人狼子野心，虚掷韶华，醉生梦死，耗伤精力，泯灭良心，欲望难填，甚至贪赃枉法，出卖亲友，以牟取暴利厚禄。这时，我常常默默地自语道："诸君花了高价去买'魔笛'。"

有时，我邂逅吝啬鬼，这号人视钱如命，对人一毛不拔，情薄如纸，厚颜无耻，唯利是图，贪得无厌。我说："可怜的人呀，你们为自己的'魔笛'实在付出太大的代价了。"

每当目睹那伙贪婪无厌而不屑其精神和心灵的人时，我就说："仁兄啊，错了！你们得到的将是痛苦，决不是快乐。你们为自己的'魔笛'付出的代价太高太高了！"

有时，我还目睹有些人迷恋于华丽的装饰、奢侈的家具、豪华的轿车……而这些"魔"品远远超出其财力，结果债台高筑，身陷图圄，草草了却一生。于是，我叹息道："唉！你们为区区'魔笛'付出了多么昂贵的代价啊！"

总之，我认识到：大多数人的不幸，都在于不恰当地估量了各种事物的价值，并为各自的"魔笛"付出昂贵的代价。

浪　子

[美国] 欧文

　　我们曾经在阿尔罕伯拉宫里看到一次小小的灾难，一度使陶洛丽斯欢乐的面貌上布满了忧愁，好像太阳上笼罩了一层乌云。这位小姑娘有一种女性的癖好，最喜欢各式各样的小动物。由于她的性情极其仁慈，阿尔罕伯拉宫有一座坍败的宫院，简直充满了她心爱的小动物。那只雍容华贵的孔雀和它的配偶似乎掌握了大权，统治着爱炫耀的火鸡，性子暴躁的珠鸡和一大群乱七八糟的普通的公鸡同母鸡。但是，有一个时期，陶洛丽斯的宠爱完全集中在一对最近婚配的小鸽子身上，它们甚至把她对玳瑁猫和那些小猫的宠爱都夺过来了。

　　为了要弄个住宅好让它们成家，她在厨房旁边搭了一间小房，窗口朝着一座幽静的摩尔式庭院。它们幸福地住在里面，完全不知道院子和阳光照耀的房顶以外还有一个世界，从来也没想到要翱翔在城堞的上空，或是飞升到那些高楼的顶端。后来，它们这种纯洁的结合产生了两枚洁净无瑕的乳白色的鸽蛋，抚育它们的小女主人快活得什么似的。在这段很有趣的时间当中，可说没有什么能比这对少年新婚夫妇的行为更值得赞扬的了。它们轮班蹲在窝里，一直到小鸽子孵化出来。当羽毛未生的雏鸟还需要温暖和掩护的时候——一只照旧留在家里，另一只就出去搜集食物，往往带回来很多东西。

　　后来，这种新婚的乐趣突然遭到了挫折。这天，一清早，陶洛丽斯正在喂公鸽子，她忽然想到要使它瞧瞧这个伟大的世界。于是，她打开了俯瞰达罗山谷的那扇窗户，一下子把它扔到阿尔罕伯拉宫的墙外面。当时，这只受惊的小鸟有生以来头一次被逼得非把全副力量使出来不可。它先飞到山谷里，然后翻腾而上，几乎一直飞到云端。它从来没飞得这样高过，当然也就没经验到这样的飞行之乐，这时，就像一个败家子突然得到了一大笔产业，似乎被这种过度的自由，以及面前突然呈现的那片无边无际的好施展身手的太空，搞得眼花缭乱了。这一整天，它一直在尽情地飞翔，到处盘旋，由这座高楼飞到那座高楼，由这个树梢飞到那个树梢。陶洛丽斯把谷子撒在房顶上想去引它回来，可是撒了许多次都没用。它似乎失去了一切回家的念头，忘记了它的温柔的配偶和羽毛未生的雏鸟。使陶洛丽斯更加焦急的是，另外有两只强盗鸽子和它结成了一道，这种家伙专门会引诱飘零的鸽子到它们自己窝里去。这只逃亡的鸽子，正像一般初次踏进社会、毫无头脑的青年人一样，对于那些精灵然而堕落的同伴却非常倾心，一任它们领它去见识生活，介绍它到交际场中。它已经和它们飞遍了格拉那达的每一家房顶，每一座塔尖。暴风雨经过城上时，它也不想回家，夜幕降临的时候，它还是没有回来。使人更难受的是，母鸽子在窝里等了好几个钟头还没能换班，最后就决定出去找她那个意志薄弱的伴侣。但是，她耽误太久，雏鸟由于失去父母怀抱的温暖和掩护而都死了。晚上很迟了，陶洛丽斯才得到信息，有人看见这只游荡的鸽子在琴纳拉莱夫宫的高楼，碰巧那座故宫的管理人也有一间鸽子棚，其中正好有两三只这种四处勾引的鸽子，附近养鸽子的人家都很害怕。陶洛丽斯马上得出了结论，认为大伙瞧见和她那只游荡的家伙在一块的两只披着羽毛的骗子，一定是琴纳拉莱夫宫里出来的。接着，就在安东尼娅姑娘房间里开了一次作战会议。琴纳拉莱夫宫和阿尔罕伯拉宫在权限上各不相干，在这两处的主管人之间即使没有嫉妒的话，当然不免有些拘束的地方。于是先决定由派比，花园里的那个口吃的小伙子，作为去见琴纳拉莱夫宫主管人的大使，要求他，如果发现在他的辖区之内有这样一只逃亡的家伙，希望他能把这只鸽子作为阿尔罕伯拉宫的臣民，押送回国。于是派比就按照吩咐离了宫殿，穿过月光笼罩着的树丛和大路，去作外交上的旅行。不到一个钟头，他就回来了，只带来令人烦闷的情报，说琴纳拉莱夫宫的鸽子棚里，根本没有这样一只鸟。不过，主管人倒是亲口答应了，如果这个漂泊无定的家伙在他那里出现，即令是在半夜，也会立刻把它逮捕，押送回来，交给它的黑眼珠的小女主人。

这件凄惨的变故就是这样使全宫为它大为不安，使心事重重的陶洛丽斯失眠了一夜。

俗语说，"忧愁不过一夜，天亮就快活了。"早晨我离开房间头一个遇上的，就是陶洛丽斯，手里抓着那只游荡的鸽子，眼睛里欢喜得闪闪发光。它一早就在城垛子上出现了，羞惭地在屋顶上飞来飞去，终于走进窗户，自行投案。可是它这次回来并没有取得大家的信任。从它吃着面前的食物的时候，那种狼吞虎咽的神气看来，它就像一个浪子，完全是被饥饿逼回家来的。陶洛丽斯虽然怀着女人的天性，把它亲热地抱在怀里，不住地吻它，可是一面也在责备它这种忘恩负义的行为，用各式各样的话骂它是个浪子。我注意到她已经为了使它再不能够远走高飞，特地剪短了它的翅膀！我提到这种防患未然的办法，是为了一切有浪荡的爱人或到处漂泊的丈夫的人的利益。从陶洛丽斯和她的鸽子的故事里，我们可以体会到许多可贵的教训。

大卫的机遇

[美国] 霍桑著

  大卫·斯旺沿着大道，朝波士顿走去。他的叔父在波士顿，是个商人，要给他在自己店里找个工作。夏日里起早摸黑地赶路，实在太疲乏，大卫打算一见阴凉的地方就坐下来歇歇。不多会儿，他来到一口覆盖着浓阴的泉眼旁边。这儿幽静、凉快。他蹲下身子，饮了几口泉水。然后，把衣服裤子折起当枕头，躺在松软的草地上，很快就鼾然入睡了。

  就在他呼呼大睡的当儿，大道上来了一辆由两匹骏马拉着的华丽马车，蓦地，由于马蹩痛了脚，车子"嘎"地停在泉眼边。车里走出一位年长绅士和他的妻子。他们一眼就瞧见大卫睡在那儿。

  "他睡得多沉，呼吸那么顺畅，要是我也能那样睡会儿，该多幸福！"绅士说。

  他的妻子也叹道："像咱们这样的老人，再也睡不上那样的好觉了！看那孩子多像咱们心爱的儿子呀，能叫醒他吗？"

  "哦，咱们还不知道他的品行呢。"

  "看他的脸孔，多天真无邪哟！"

  大卫知道，幸运之神正近在咫尺呢！年长绅士家里很富有。他唯一的儿子新近不幸死了。在这样的情况下，人们往往会做出奇怪的事来。比如说，认一个陌生小伙子为儿子，并让他继承自己的家产。可是，大卫却始终没醒来，睡得正甜。

  "咱们叫醒他吧！"绅士妻子又说了一句。正在这时，马车夫嚷起来，

"快走吧！马好了。"老夫妻依恋地对视一下，便快步走向马车。

过了不到 5 分钟，一个美丽的姑娘踏着欢快的步子，朝泉眼走来了。她停下来喝水，也瞧见了大卫。就像未经允许进入别人卧室，姑娘慌忙想离开。突然，她看见一只大马蜂正嗡嗡地在大卫头上飞来飞去，就不由得掏出手帕挥舞着，把马蜂赶走。

看着大卫，姑娘心头一颤，脱口而出："他长得多俊啊！"可是大卫却丝毫未动，她只好怏怏地走了。要是大卫能醒来，也许能和她认识，甚至结亲。要知道，她父亲可是个大百货商哩。

姑娘刚走开，两个帽檐拉到眉头的强盗悄悄地溜过来了。他们看见大卫在泉边香甜地睡着，一个歹念顿时闪上心头。

"也许这崽子身上有钱。"

"过去摸摸看，如他醒来，就用这个来对付他。"说着，一个强盗掏出了明晃晃的匕首。他们正准备下手时，一条狗匆匆跑到泉边饮水。他们吓得心惊肉跳。

"等一下，可能狗主人就在附近。"

"我们还是小心为妙，赶快离开吧！"两个强盗嘀咕了一阵，便溜走了。

一辆马车的隆隆声，惊醒了大卫。他跳了上去，很快消失在烟尘中了。

大卫永远也不会知道在他睡眠时，发生的一切幸运和险象。可是，仔细想想，世上谁人不如此呢？

世界哲理小小说精选

椭圆形的肖像

[美国] 爱伦·坡

　　我受了重伤，我的随从不忍心让我在外面过夜，就领我闯进了一座城堡。这是座巍峨地耸立在亚平宁山区多年的一座阴森而雄壮的城堡，绝不亚于拉德克利夫夫人在她的小说中所幻想的那种城堡。从各种迹象来看，城堡的主人离去的时间不会太久。我们主仆两人在一间最小、陈设最美的屋子里住下来。它位于这座城堡边上的一个塔楼里。看得出室内原来的装饰十分富丽，但现在已破旧不堪了。四壁悬挂着花毯和各种各样的战利品，此外还挂着许多惟妙惟肖的现代绘画，画框都是金色花纹的，连墙角都挂着画。也许是伤势过重，我的神志不甚清醒，只是呆呆地望着这些画出神。这时天色已晚，我吩咐彼德罗把百叶窗全都关上。把屋里的蜡烛统统点亮，然后拉开床前的黑天鹅绒帷幔。这样，即使我不能入睡，至少也可以安静地欣赏一番这些画，也可以读一读枕头上放着的一本小书，那是对这些画进行解释和评价的书。

　　我拿着书，一一对着画欣赏起来。不知不觉已至半夜，烛台的位置离我很远，我又不忍心唤醒酣睡的随从，费了好大力气才将烛台端在手中，以便照亮手中的这本书。

　　烛台上插着好多支蜡烛，交织的烛光照在了室内的一个壁龛上，原先这个壁龛被一根柱子遮住了。此时我转过身来才发现了刚才根本没有注意到的一幅画，画的是一个妙龄少女。我朝画匆匆地瞥了一眼，就闭上了眼睛。连我自己都不理解为什么我会这样。稍后，我寻思一下，我之所以闭上眼睛是为了能平静地思考一下是否视觉欺骗了我，也为了能定睛看个清楚。片刻之后，我便睁开眼睛仔细地端详起这幅画像来。

我已经看得很清楚，再也不用怀疑什么了。烛光把画面照得通亮，刚才那种恍惚的幻觉已经荡然无存了，神志也变得十分清醒。

正如我开始所见，画上是一个少女。只画了头部和双肩，用的是半身晕映画像法，和萨利的头像画法很接近。双膀、胸脯、明亮的头发和画面背景协调地融为一体。画框是椭圆形的，还镀了金，作为一件艺术品，这幅画真令人赞叹不已。但是，不论是作品的高超艺术，还是画中人的美色艳姿，都不至于这样突如其来地打动我的心弦。不管我怎样的神志不清，总不会把画中人当成现实活动中的人。我半坐半倚，一边认真地思考着，一边还是紧紧地盯着画像。就这样，大约过了一个时辰。我逐渐领会到了这幅画的构思、画法、画框的特色以及其中的奥秘，于是我把烛台放回原来的地方，然后仰面躺在床上。是的，是画中人的神情逼真生动的魅力，才使我初见到这幅画时心情十分激动，由于躺在床上看不到画像，于是我拿起那本评述这些绘画及指明出处的书来。翻到标明椭圆形的肖像的那一页，看到了如下一段文字古涩、词句含蓄的说明：

"她是个绝代佳人，无忧无虑地过着日子。当她与画家一见钟情、结为夫妻之后，命运开始发生了变化。画家勤奋好学、严肃矜持、酷爱艺术。她天真活泼、美丽可爱。她热爱一切，心里只恨被她视为情敌的艺术，她恨那些调色板、画笔等，因为令人生烦的画具夺走了对她的爱。当她听说画家要给她画像的时候，又气又怕。但她天性温柔恭顺，为了丈夫她还是在塔楼顶上一间幽暗的小屋里一连坐了几个星期，那里仅有一缕光线从头顶照射到画布上。画家的心全部沉浸在他的作品中，已经忘却了世间除此而外的一切，因此他也丝毫没有注意到自己已经摧残了新娘的心。她毫无怨言，始终如一地展现着笑容，因为她开始理解这位享有盛名的画家的甘苦和如醉如痴的乐趣，是艺术的感召力使他夜以继日地专心绘画，她心里像一团火似的爱着他，可身体却日见憔悴。大凡见过这幅画的人，无不为之所动，皆认为是一个奇迹。从画面上不仅可

以看出画家精湛的技能，而且也可以看出他对妻子挚爱的深度。当他的工作接近尾声的时候，他的专心致志也已到了发狂的程度，他不准许任何人进入塔楼，只顾两眼盯着画布，根本不理睬妻子的容貌。他甚至已经忘记了画布上涂抹的色彩来自妻子的朱颜。几个星期之后，除了嘴唇和眼睛尚未着色以外，其他部分都画好了。这时画家妻子的精神又突然地振作了一下，待画稿完成后，画家站在自己用心血创作的画像前，一时看得出了神，过了一会儿，不禁自言自语道：'简直像活的一样！'说完猛地转过头去看妻子：她已经死了！"

看 画

[美国] 马克·吐温

　　从前，有位画家画了幅十分精美的画，把它挂在一个他能够从镜子里看得到的地方，他说："这下看上去距离倍增，色调明朗，比先前更加可爱了。"

　　森林中的众兽从那家的猫嘴里听说了此事。它们对这只家猫向来推崇备至，因它博学多闻，温文尔雅，彬彬有礼，极有教养，能告诉它们那么多它们先前不晓、后为莫测的事。它们被这条新闻大大地激动，于是连连发问，以便充分了解情况。它们问画是什么样的。猫就讲解了起来。

　　"那是一种平的东西，"它说，"出奇地平，绝妙地平，迷人地平，十分雅致，而且，噢，是那么漂亮！"

　　这下众兽激动得几乎发狂，说无论如何要看看这张画。于是熊问：

　　"是什么使得它那么漂亮呢？"

　　"是它的美貌。"猫说。

　　这个答复令它们更赞叹不已，更觉得高深莫测。它们越发激动。接着牛问：

　　"镜子是啥玩意？"

　　"那是墙上的一个洞，"猫说，"朝洞里看进去，你就能见到那张画，在那难以想象的美貌中，它显得那样的精致，那样的迷人，那样的惟妙惟肖，那样的令人鼓舞，你会看得摇头晃脑，欣喜若狂。"

　　驴至此一言未发。这时它开始发出疑问。它说以前从没有过那样漂亮的东西，也许当时也没有。又说，用一整篓形容词来宣扬一样东西的美丽之日，就是需要怀疑之时。

显然，这种怀疑论对众兽产生了影响，所以猫就快快离去了。这个话题被搁了几天。但与此同时，好奇心在重新滋长。那种显而易见的兴趣又复活了。于是众兽纷纷责备驴把那也许能给它们带来乐趣的事弄糟了，而这种仅仅对那张画的漂亮产生的怀疑，却没有任何根据。驴不加理睬，安之若素。说，只有一个办法能发现它与猫之间，究竟谁是谁非。它要去看那洞，然后回来报告它的实地所见。众兽感到既宽慰又感激，请它马上去。驴便立即登程。

可它不知道该站在哪儿好，故此，错误地站到画和镜子之间，其结果是那画没法在镜中出现。它回去说：

"猫撒谎。那洞里除了有头驴，啥也没有，连什么平玩意的影子都没见。只有一头漂亮的、友善的驴，仅仅是一头驴，没别的什么呀！"

象问："你看仔细，看清楚了吗？你挨得近吗？""我看得仔仔细细，清清楚楚。噢，哈撒，万兽之王，我挨得那么近，我的鼻子和它的鼻子都碰上了。""这真怪了，"象说，"就我们所知，猫以前一直是可信的。再让一位去试试看。去，巴罗，去看看那洞，然后回来报告。"

于是熊就去了。回来后它说："猫和驴都说谎。洞里除了有头熊外，啥也没有。"

众兽大为惊奇和迷惑不解。现在谁都渴望亲自去尝试一下，搞个水落石出。象便一一派它们前往。

第一个是牛。它发现洞里除了一条牛，啥也没有。

虎发现洞里除了一只虎，啥也没有。

狮发现洞里除了一头狮，啥也没有。

豹发现洞里除了一头豹，啥也没有。

骆驼光发现有条骆驼，别无他物。

于是哈撒大怒，说如果亲自前往的话，定会弄个真相大白。

它回来后将它的全体庶民训斥了一顿，因为它们撒谎。对猫的无视道德及盲人摸象的做法更是怒不可遏。它说："除非是个近视的傻瓜，否则，不论谁都能看出洞里没有别的，只有一头象。"

人生的五福

[美国] 马克·吐温

每当年轻人步入社会的前夕，善良的仙女总要手挽花篮，前来说道：

"这里有几种礼物，你自己选择一个吧。不过不要当成儿戏，应该动脑筋慎重挑选才是，因为这其中只有一件是有价值的。"礼物共有五种：名誉、爱情、财富、快乐、死亡。有一个年轻人曾急不可耐地说：

"没有什么可考虑的。"随即选择了快乐。

他步入社会后，便到处寻欢作乐，沉湎于声色之中。可惜的是一切快乐都转瞬即逝，随之而来的便是沮丧、怅惘、空虚。每次享乐对他都不外是一次嘲笑，到头来一场空。这使他不禁叹道："这些年我都虚度了，如果再有机会，我一定好好地选择一下。"

仙女又来了，说道：

"现在还有四件礼物，再选择一次吧！喂，你可要记住，时光不饶人哪！它们只有一件是珍贵的。"

他想了又想，最后选择了爱情，然而他却没有注意到仙女的眼窝里噙着泪水。

年复一年。这一天，他坐在一间空荡荡的屋子里，身旁摆放着一口棺材。此时他百感交集，自叹道："她们撇下我一个接一个地都到极乐世界去了，就连最后这个娇妻也躺在这里不管我了。百年孤独，人生可叹啊！每当幸福降临之时，那个背信弃义的使者——爱神，都要将我出卖，都要让我付出千倍的代价，把我推进痛苦的深渊而不能自拔，我从内心深处痛恨爱情。"

"再选一次吧，"仙女来了，"岁月一定让你变得聪明了，现在剩下三件礼物，切记只有一件是有实际价值的，再不能含含糊糊地挑选了。"

他反复考虑了许久，最后选择了名誉，仙女叹着气离开了他。

光阴似箭，转眼就是几年，仙女又光临了，站在他的身后，此时他正在薄暮中孤凄地回忆往事，仙女十分清楚他的心境：

"我已誉满全球，有口皆碑。有那么一段时间，日子过得很快活，可惜好景不长，接连而来的是嫉妒、低毁、诽谤、仇恨，乃至迫害，甚至当我成为嘲笑对象的时候，也不肯罢休。最后，名誉被怜悯敲响了丧钟。唉，可悲可叹的声誉名望啊！荣耀之日为众矢之的，潦倒之时遭万人唾弃，岂不悲哉！"

"重新选择吧，"又是仙女的声音，"你三次都没有选中，但不要灰心，还有两件礼物，不过这里只有一件是珍贵的。"

"财富——这才是真正有威力的东西呢！我真是有眼无珠！"他感慨地说，"现在我终于明白了生活的意义。我要挥霍财富；尽情地享乐。让那些嘲笑、鄙视我的人像猪猡一样在我面前摇尾乞怜吧！我要用他们的嫉妒填满我的欲壑，我要尽情地寻欢作乐、享受人世间的荣华富贵，饱尝男人所渴望得到的一切精神陶醉和肉体满足。我要买！买！买！买尊重，买仰慕，买敬佩，买崇拜，买尽天底下竞争市场中一切美好的东西。我已荒废了多年的大好时光，几次都没有选中真正有价值东西。让那一切都付之东流吧！昔日我年少无知，事情也只能如是而已。"

三年的光景又是一晃而逝。如今他独坐阁楼，衣衫褴褛，瑟瑟发抖，形容枯槁，嚼着干面包。想来真是世态炎凉，沉浮莫测，他岂能不掩涕叹息：

"去他的礼物吧！纯粹是捉弄人的骗人的鬼话，它们根本就不是什么施舍，只是借贷。所谓快乐、爱情、名誉、财富，不过是对永恒的现实——痛苦、失意、羞辱、贫困——的临时伪装。仙女的话说得千真万确，在她的篮子中，只有一件礼物是珍贵的，是有价值的。现在我已彻底醒悟：那些残害身体、折磨精神的虚假的快乐、爱情、名誉与万事皆休永远露着甜蜜的笑靥的'长眠'相比，显得太可悲，太微不足道了。我主意已定，就选择这个！我的精力已消耗殆尽，需要早早安息了!"

　　仙女驾临。带来的仍是那四件礼物，唯独没有死亡。她说："我把它给了一位母亲的心肝——她的孩子了。那孩子年幼无知，不过却信任我，让我替他选择一个。可你就没有让我替你选。"

　　"是啊，我真够不幸的啦！这么说就什么也没有我的份了吗？"

　　"有，有你的，而且还是你至今不曾有过的：晚年的凄凉和无穷无尽的凌辱。"

癖　好

［美国］布朗

"我听到谣传，"桑斯特罗姆说道，"大意是说，你——"他转头看看四周，要绝对弄清确实就只他和药剂师单独在这间小药房里，"——大意是说，你有一种人全然识不破的毒药。"

药剂师点点头。他转过柜台，锁上前面的店门，而后朝柜台后面的一个门道走去。"我要歇会儿喝点咖啡，"他说，"请跟我一起来喝一杯。"

桑斯特罗姆跟着他转过柜台，穿过门道，进了一间四周从顶到底放满瓶架的后室。药剂师插上电咖啡壶的插头，找了两只杯子放在一张桌上，桌两边各放了一张椅子，他示意桑斯特罗姆在一张椅上坐下，自己坐了另一张，"告诉我吧，"他说，"你想毒死谁，又是为什么？"

"这个要紧吗？"桑斯特罗姆问，"那还不成吗，我付钱——"

药剂师举起一只手打断了他。"是的，那很要紧。得让我相信，你值得我给你那东西。要不然——"他耸了耸肩。

"好吧，"桑斯特罗姆说，"那人嘛，是我的妻子。原因嘛——"他长篇大论地说起来。他话没讲完，咖啡煮好了。药剂师稍稍打断他一会，为他俩倒了咖啡。最后，桑斯特罗姆结束了他的叙述。

小个子药剂师点点头。"不错，我偶尔配一种人识不破的毒药。我干这个免费；只要我认为事情值得，我不收钱。我帮助过许多杀人犯。"

"太好了，"桑斯特罗姆说，"那就请你给我那东西啊。"

药剂师朝他笑笑。"我已给过你了。在做好咖啡时，我已认定你值得给。我说过，它免费，但，解毒药可有价。"

桑斯特罗姆脸色变白了。但他事先预料到——不是这个，而被出卖的可能或某种形式的勒索。他从口袋里掏出手枪。

药剂师咯咯笑起来。"你不敢用那个。你能在那几千个瓶子当中——"他朝那些架子挥挥手，"找到那解毒药吗？还是你愿意找到一种作用更快、毒性更大的毒药？或者，如果你认为我在骗你，你其实并没有中毒，那你就来吧，开枪吧。3小时之内，毒药开始生效，你就会知道答案。"

"解毒药什么价钱？"桑斯特罗姆咆哮着说。

"十分公道，1000块。毕竟，人必须生活；即使他的癖好是阻止谋杀，也没理由说不该拿这赚钱呀，是吧？"

桑斯特罗姆咆哮着，放下了手枪，但放在伸手够得着的地方，掏出钱包来。或许，他服过解毒药后，仍然要使用那手枪。他把100元的票子数了10张，把它们放在桌上。

药剂师没有立即伸手去拿。他说："还有一件事——为了你妻子的安全和我的安全。你得写一份有关你的意图——你原先的意图的自白书。我相信你原先的意图是谋杀你的妻子。而后你要等我出去，把它寄给我一个朋友，告知他谋杀的详情。他要把它留作证据，以防你什么时候还是决定要杀死你的妻子。或者杀死我，为了那事。

"当那寄出后，回这儿来给你解毒药，我就安全了。我给你拿纸和笔。哟，还有件事——虽然我并不绝对一定要那么办。请你帮助散布我有一种人识不破的毒药的消息，好吗？任何人决不会知道的，桑斯特罗姆先生。要是你有什么敌人的话，你挽救的性命，可能正是你自己的性命哩。"

畸人志

[美国] 安德森

作家是个白胡髭老人，他上床睡觉有点儿不方便。他住的房屋，窗子是高高的，而他倒想在早晨醒来时看看树木。一个木匠来改装床，要使床和窗槛一般儿高。

着实为这事小题大做了一番。木匠在内战中当过兵，他走进作家的房间，坐了下来，说是为了把床垫高，要做一个平台。作家有雪茄放在旁边，木匠便拿来吸了。

两人商量了一会儿把床垫高的设想，接着便扯到别的事情上去。那士兵大谈其战争。事实上是作家把他引到这个话题上来的。木匠一度是安德森维尔监狱的囚犯，也曾经丧失掉一个兄弟。兄弟是饥饿而死的，木匠每逢提到这事总要哭泣。他和年老的作家一样，也生着白胡髭；他哭的时候，嘴唇缩起，胡髭上下颤动。这个嘴里衔着雪茄哭泣的老人，模样儿是可笑的。作家原来的把床垫高的设想给忘掉了，后来木匠便自作主张地搞起来；作家已 60 岁开外，他夜间上床时，这就不得不借助于椅子了。

作家侧身躺在床上，睡得十分安静。多年来他一直为自己的心脏忧虑重重。他是个吸烟极多的人，他心悸。他心里老是在想，他会在什么时候意外地突然死去，每逢上床时他总是想到这事。这倒没有使他惊慌。事实上，这种影响很特殊，也不容易解释。这使他在床上时比旁的时候更富有生气。他一动也不动地躺在那儿，他的躯体是老了，不再有多大用处了，但他身体内有某种东西却是全然年轻的。他像是一个孕妇，只不过在他身体内的不是婴儿而是青年罢了。不，不是一个青年，是一个女人，年纪轻轻的，穿了铠甲像一个武士。你瞧，要想道出老作家躺在高床上谛听自己的心悸时身体内究竟有什么东西，便荒唐可笑了。得搞明白的是：作家，或者作家身体内的那个年轻的事物，正在思索的，究竟是什么？

这老作家，像在世界上的一切人一样，在他悠长的生涯里，头脑中有过许多见解。他曾一度十分漂亮，许多女人也曾爱上他。还有，当然啰，他曾认识人，认识许多人，以特别亲密的方式认识他们，和你我认识人的方式截然不同。至少作家是这样想的，而且这样想也使他高兴。何必和一个老人为了他的想法吵架呢？

作家在床上做着一个不是梦的梦。他逐渐睡意蒙眬而仍然有所知觉时，人物开始在他的眼前出现。他想象他身体内年轻而难以描摹的事物正驱策着长长一列人物来到他的眼前。

你瞧，这一切之使人感到兴趣，都在于来到作家眼前的人物身上。他们都是畸人。作家所认识的一切男男女女，都变成了畸人。

畸人并不都可怕。有的有趣，有的几乎美丽，有一个奇形怪状的女人，以她的畸形伤了老人的心。她经过的时候，他便发出小狗鸣咽般的声音。你如果走进房间，你会以为这是老人做了恶梦或是消化不良的缘故。

畸人的行列在老人眼前走了一个钟头，接着，老人便爬出床来，开始写作，尽管爬起来是一桩痛苦的事。畸人中有某一个在他心上留下了深刻的印象，他要把这个人描写出来。

作家在书桌上工作了一个钟头。结果，他终于写成了一本书，称之为《畸人志》。这书从未印发问世，但我读到过一次，它给了我不可磨灭的印象。这书有一个中心思想，十分新奇，我始终不会忘掉。记住了这个中心思想，我才得以理解我以前从不能理解的许多人和事。这思想是复杂的，简单的说明大致如此：

起初，世界年轻的时候，有许许多多思想，但没有真理这东西。人自己创造真理，而每一个真理都是许多模糊思想的混合物。全世界到处是真理，而真理统统是美丽的。

老人在他的书里罗列了许多真理。我不想把它们全都告诉你们。其中有关于童贞的真理和激情的真理，财富和贫穷的真理，节俭和浪费的真理，粗疏和放荡的真理。真理成千上万，而且统统是美丽的。

于是人登场了。每个人出现时抓住一个真理，有些十分强壮的人竟抓住一打真理。

使人变成畸人的，便是真理。关于这事，老人自有一套十分微妙的理论。他认为：一个人一旦为自己掌握一个真理，称之为他的的真理，并且努力依此真理过他的生活时，他便变成畸人，他拥抱的真理便变成虚妄。

你自己可以看得出，这个一生消磨在写作上的满腹文章的老人，会把与此有关的种种写上几百页。这个主题在他心里会变得那么庞大，他自己也有变成畸人的危险哩。他之所以没有变成畸人，我想就因为他始终没有出版这本书。拯救了这老人的，便是在他身体内的那个年轻的事物。

至于替作家改装床的老木匠，我之所以提到他，只是因为像许多所谓十分普通的人一样，这木匠变得最接近作家书中所有畸人的可以理解和可爱之处。

插 曲

[美国] 福克纳

    每天中午他们都从这里路过。他穿着一套刷净的西装，戴一顶灰色的帽子，从不扣上衣领，也不扎领带。她穿一件雅致的棉织花布上衣，戴一顶阔边太阳帽。我坐在密西西比州我自己的在小山中那所粗糙简陋的小别墅前，或在木头门廊上摇摇晃晃时，见过他们好多次。

    他们都至少有 60 岁了。他是位盲人，步履蹒跚无力。她每天带他到那座大教堂去乞讨，像平稳的水流一样说着话，用她那多节的手做着手势。日落时她又带他回来，把他带回家。直到斯普拉特林从阳台上对她打招呼，我才看到了她的脸。她左顾右盼，然后又向后面看看，没有发现我们。听到斯普拉特林第二次叫她时，她才仰起头向上看。

    她的脸是褐色的，永远美丽得像个妖魔。她没有牙齿；鼻子和下巴之间可以相互一览无余。

    "你很忙吗？"他问道。

    "你有事？"她欢快地答道。

    "我想给你写生。"

    她没听懂，热切地看着他的脸。

    "我想给你画一幅像。"他解释道。

    "跟我来。"她立刻笑着对和她在一起的那个男人说道。他顺从而艰难地想在院子围栏那狭窄的混凝土地基上坐下，却重重地摔倒在地上。一位过路人帮她扶他站了起来。我找了一支铅笔，就兴奋地离开了斯普拉特林，去为他找一把椅子。我看到她实际上正在哆嗦——不是因为年老，而是因为愉快的虚荣。

"艾绥斯·乔。"她命令道，他坐下了，他那无视力的脸上充满了只有盲人才了解的那种冷淡的上帝般的平静。斯普拉特林带着他写生的本子来了。她坐在已就座的那个男人旁边，把手放在他肩上。人们立刻明白他们要拍在结婚纪念日上拍的那种照片。

她又是一位新娘子了，倚仗着只有死神才能剥夺我们的优秀神话的魔力，她又一次穿上了丝织衣服（或者类似的东西），戴上了首饰、花冠和面罩，或许还有一束鲜花。她又是一位新娘子了，年轻而且美丽，她那颤抖的手放在年轻的乔的肩上。她身旁的乔又一次成为震撼她那充满恐怖、崇拜和虚荣的心灵的某种东西——有点令人害怕的东西了。

一位偶然路过的人觉察到了这一点，停下来看着他们。就是看不见的乔，通过在他肩上的她的手也感到了这一点。她的梦想使他变得年轻而且骄傲了。他也设想着在1880年那时候的男子和他的新娘拍照时的固定可行的姿势。

"不，不，"斯普拉特林告诉她，"不要那样。"她的脸色阴沉了下来。"转向他，看着他。"他赶紧补充道。

她服从了，但仍然面对着我们。

"把头也转过去，看着他。"

"但那样你就不能看到我的脸了。"她抗议了。

"不，我能。还有，我将马上画你的脸。"

她微笑着妥协了，脸上皱起数万条皱纹，像一幅蚀刻画，她占了他想要的位置。

她立刻变得像个母亲似的。她再也不是新娘了。她结婚的时间足够长了，完全明白乔既不是很可爱也不是很可敬畏的什么东西。而且正相反，他是可轻视的东西。他毕竟只是一个容易犯错误的大孩子（你知道她到现在为止已经生过孩子——可能丢失了）。但他是她的，另外的世界或许是那么坏，所以她要使它变得最好，记住那些日子。

乔又一次通过放在他肩上的她的手领会到了她的心境，他再也不是那超众的男子了。他也记得他来到她跟前寻求安慰，带给她新的梦想的那些日子。他的高傲从他身上消失了。在她的抚摸下静静地坐在那儿，孤立无援，也不需要帮助，处在黑暗中，而且平静得像个已看到了生与死，发现了他们两者之间没有什么重要区别的上帝。

斯普拉特林画完了。

"现在该画脸了。"她很快地提醒他。眼下在她的脸上出现了某种东西，那东西不是她的脸。那上面恰好带有一种模棱两可的、不可思议的姿态。她正在摆好姿势吗？我疑惑地看着她。她正面对着斯普拉特林，但我相信她的眼睛既没看他，也没看他后面的墙。她的眼睛在沉思，而且是她自己的沉思——就好像有人在一个偶像的耳朵边低声说着一个庄重异常的笑话。

斯普拉特林画完了。她的脸变成了一位 60 岁妇女的脸，就像一个妖魔一样没有牙齿，兴高采烈的。她过来看那幅画，把它拿在手里。

"带钱了吗？"斯普拉特林问我。

我有 15 美分。她没加评论地把画还了回来，拿走了那些硬币。

"谢谢你。"她说。她拍了拍她丈夫，他站了起来。"谢谢你搬来了椅子。"她朝我点点头，并且笑了笑。我看着他们慢慢地沿着小巷走了，真想知道我在她的脸上看到了什么——或者说我看到的一切。我转向斯普拉特林。"我们看看这幅画吧。"

他正紧盯着那幅画。"喂。"他说道。我看着画，接着我清楚了在她脸上我所看到的东西。整个脸蛋画得确实同蒙娜丽莎的表情一样。

啊！女人仅仅拥有一个永恒的年龄！而且那不是年龄。

桥边的老人

[美国] 海明威

　　一个戴钢丝边眼镜的老人坐在路旁，衣服上尽是尘土。河上搭着一座浮桥，大车、卡车、男人、女人和孩子们在拥过桥去。骡车从桥边蹒跚地爬上陡坡，一些士兵帮着推动轮辐。卡车嘎嘎地驶上斜坡就开远了，把一切抛在后面，而农夫们还在齐到脚踝的尘土中踯躅着。但那个老人却坐在那里，一动也不动。他太累，走不动了。

　　我的任务是过桥去侦察对岸的桥头堡，查明敌人究竟推进到了什么地点。完成任务后，我又从桥上回到原处。这时车辆已经不多了，行人也稀稀落落，可是那个老人还在原处。

　　"你从哪儿来？"我问他。"从圣卡洛斯来。"他说着，露出笑容。

　　那是他的故乡，提到它，老人便高兴起来，微笑了。

　　"那时我在看管动物。"他对我解释。

　　"噢。"我说，并没有完全听懂。

　　"唔，"他又说，"我知道，我待在那儿照料动物。我是最后一个离开圣卡洛斯的。"

　　他看上去既不像牧羊的，也不像管牛的。我瞧着他满是灰尘的黑衣服、尽是尘土的灰色面孔，以及那副钢丝边眼镜，问道："什么动物？"

　　"各种各样，"他摇着头说，"唉，只得把它们撇下了。"

　　我凝视着浮桥，眺望充满非洲色彩的埃布罗河三角洲地区，寻思究竟要过多久才能看到敌人，同时一直倾听着，期待第一阵响声，它将是一个信号，表示那神秘莫测的遭遇战即将爆发，而老人始终坐在那里。

"什么动物？"我又问道。

"一共三种，"他说，"两只山羊，一只猫，还有四对鸽子。"

"你只得撇下它们了？"我问。

"是啊。怕那些大炮呀。那个上尉叫我走，他说炮火不饶人哪。"

"你没家？"我问，边注视着浮桥的另一头，那儿最后几辆大车正匆忙地驶下河边的斜坡。

"没家，"老人说，"只有刚才讲过的那些动物。猫，当然不要紧。猫会照顾自己的，可是，另外几只东西怎么办呢？我简直不敢想。"

"你的政治态度怎样？"我问。

"政治跟我不相干，"他说，"我76岁了。我已经走了12公里，再也走不动了。"

"这儿可不是久留之地，"我说，"如果你勉强还走得动，那边通向托尔托萨的岔路上有卡车。"

"我要待一会，然后再走，"他说，"卡车往哪儿开？"

"巴塞罗那。"我告诉他。

"那边我没有熟人，"他说，"不过我还是非常感谢你。"

他疲惫不堪地茫然瞅着我，过了一会又开口，为了要别人分担他的忧虑，"猫是不要紧的，我拿得稳。不用为它担心。可是，另外几只呢，你说它们会怎么样？"

"噢，它们大概挨得过的。"

"你这样想吗？"

"当然。"我边说边注视着远处的河岸，那里已经看不见大车了。

"可是在炮火下它们怎么办呢？人家叫我走，就是因为要开炮了。"

"鸽笼没锁上吧？"我问。

"没有。"

"那它们会飞出去的。"

"嗯，当然会飞。可是山羊呢？唉，不想也罢。"他说。

"要是你歇够了，我得走了。"我催他，"站起来，走走看。"

"谢谢你,"他说着撑起来,摇晃了几步,向后一仰,终于又在路旁的尘土中坐了下去。

"那时我在照看动物,"他木然地说,可不再是对着我讲了,"我只是在照看动物。"

对他毫无办法。那天是复活节的礼拜天,法西斯正在向埃布罗挺进。可是天色阴沉,乌云密布,法西斯飞机没能起飞。这一点,再加上猫会照顾自己,或许就是这位老人仅有的幸运吧。

忠心不二的公牛

[美国] 海明威

　　从前，有一条公牛，他的名字不是费迪南德，他对鲜花丝毫没有兴趣。他酷爱角斗。他与其他所有的同年龄的或者任何年龄的公牛角斗。他所向无敌。

　　他的双角像硬木一样坚挺，像豪猪的毛刺一般尖利。角斗时，他们的根部顶得他发疼，但他并不在意。他的颈部肌肉鼓起一大块肉团，西班牙语称此为 morillo；在他准备角斗时，这 morillo 高耸如山。他随时随地准备角斗一场。他的毛皮乌黑、油亮，他的双目清澈明亮。

　　一旦有什么原因挑动了他，他就会不顾死活地角斗，那股子认真劲儿恰如有些人对待吃饭、读书或者上教堂一样。每次角斗，他都非要拼个你死我活。不过，其他公牛并不怕他，因为他们出身高贵，所以不怕他。但他们不愿惹他，也不愿同他角斗。

　　他并不是恃强凌弱或者心地邪恶之徒，他无非喜欢角斗而已，好比人们喜欢唱歌或者当个国王、总统什么的。他从来不思考。角斗是他的职责，他的义务，他的欢乐。

　　他在多石的高地上角斗。他在软木树下角斗。他在傍河的绿茵茵的牧场上角斗。他每天从河边走 15 里路去高高的石地，跟所有正视他的公牛角斗。即使如此，他从来不发火。

　　这其实并不符合事实，因为他内心在发火。然而他弄不清怎么回事，因为他不会思考。他器宇轩昂，他喜爱角斗。

那么他的命运如何呢？他的主人——要是有人能拥有这样的动物——知道这是一头何等伟大的公牛，但主人心里仍然犯愁，为的是这公牛与其他公牛角斗耗去了他大量金钱。每头公牛价值1000多元，可是，用这头伟大的公牛角斗后，他们的价值落到200元以下，有时甚至更低。

为此，主人——他是个好人——决定不把他送去斗牛场受人屠宰，而是让自己所有的牲畜承袭这头公牛的血统。于是，他选定他作种牛。

不料，这是头古怪的公牛。他们把他迁到牧场，与育种的母牛一起生活，他一眼看中一头年轻、漂亮的母牛，与其他母牛相比，她更加苗条，肌肉发达，皮毛闪亮，活泼可爱。既然他无法角斗，便索性爱上了她，对其余的母牛连看都不看一眼。他一心想跟她呆在一起，其余的母牛对他来说不屑一顾。

养牛场的主人希望公牛会回心转意，学得乖点，或者有所变化。可是，这公牛始终如一，他爱恋自己的情人，情深意笃。他一心想跟她在一起，其余的母牛对他来说不屑一顾。

于是，主人把他和另外5头公牛送去斗牛场处死。这一来，公牛起码能角斗一场了，尽管他忠心不二。他的角斗非常精彩，人人都表示赞赏，杀死他的汉子表示格外的赞赏。角斗结束后，杀死他的、所谓角斗士的汉子身上那件紧身短袄全湿透了，他十分口渴。

"这牛厉害极了。"斗牛士说道，顺手把剑递给掌剑者。他握剑时剑柄向上，勇猛的公牛心脏的血顺着剑刃往下淌。这公牛再不会有任何烦恼了。他的尸体正由4匹马拖出斗牛场去。

"是啊。他就是维拉梅耶侯爵不得不干掉的那头公牛，因为他忠心不二。"无事不晓的掌剑者说。

"也许我们都应该忠心不二吧。"斗牛士说。

早　餐

[美国] 斯坦培克

　　我每想起这件事心中总有一种愉快、满足之感。说来也怪，连最小的细节至今仍历历在目。我曾多次追忆这件事，而每次都能在记忆中的朦胧处想起一个新细节，这时，那种美妙温馨的快感就油然而生。

　　那是凌晨时分，东边的山峦仍是一片蓝黑色，但山背后却已晨曦微露，一抹淡淡的红色渲染着山峦的边缘外。当这缕红色的光往高空移升时，它的色泽越变越冷、越淡、越暗，当它接近西边天际时，就逐渐和漆黑的夜空融为一体了。

　　天很冷，虽然算不得刺骨严寒但也冻得我拱背缩肩，拖曳着双足，把两手搓热后插进裤兜里。我置身其中的这座山谷，泥土现在呈拂晓时特有的灰紫色。我沿着一条乡间土路往前走，突然看见前方有一座颜色比泥土略淡的帐篷，帐篷旁，橘红色的火苗在一只生锈的小铁炉的缝隙中闪烁。短而粗的烟筒喷出一股灰色的浓烟，烟柱向上直直升起，过了好一会才在空中飘散。

　　我看见火炉旁有位青年妇女，不，是位姑娘。她身穿一件褪色的布衣裙，外面罩着一件背心。我走近后才发现她那只弯曲着的胳膊正搂抱着一个婴儿，婴儿的头暖暖和和地包在背心里面，小嘴正在吮奶，这位母亲不停地转来转去，一会儿掀开长锈的炉盖以加强通风，一会儿拉开烤箱上的门，而那个婴儿一直在吮奶。婴儿既不影响她干活，也没影响她转动时轻捷优美的姿态，因为她每个动作都准确而娴熟。从铁炉缝隙中透露出的橘红色的火苗把跳动着的黑影投映在帐篷上。

我走近时，一股煎咸肉和烤面包的香味扑面而来，我认为这是世界上最令人感到愉快和温暖的气味。这时，东边的天空已亮起来，我走近火炉，伸出手去烤火，一触到暖气，全身立刻震颤一下。突然帐篷的门帘向上一掀，走出个青年，后面跟着一位长者。他俩都穿着崭新的粗蓝布和钉着闪亮的铜纽扣的粗蓝布外套。两人长得十分相像，都是瘦长脸。

年轻的蓄着黑短髭，年长的蓄着花白短髭，两人的头部和脸部都是水淋淋的，头发上滴着水，短髭上挂着水珠，面颊上闪着水光。他二人默默地站在一起望着逐渐亮起来的东方，他们一同打了个哈欠，一同看着山边的亮处。他们一回身看见了我。

"早。"年长的那位说。他脸上表情既不太亲热也不太冷淡。

"早，先生。"我说。

"早。"青年说。

他们脸上的水渍还没完全干，两人一同来到火炉边烤手。

姑娘不停手地干活，她把脸避开人，聚精会神地干手里的活。她那梳得平平整整的长发扎成一束垂在背后，干活时，发束随着她的动作甩来甩去。她把几只马口铁水杯、几只铁盘和几份刀叉放在一只大包装箱上，然后从油锅里捞出煎好的咸肉片，放在一只平底大铁盘上，卷曲起来沙沙作响的咸肉片看上去又松又脆。她打开生锈的铁烤箱，取出一只正方形的盘子，盘子上面摆满用发酵粉发得松松的大面包。

热面包香气扑鼻，两位男人深深地吸了口气，年轻人低声说："耶稣基督！"

年长的人回头对我说："你吃过早饭吗？"

"没有。"

"那就跟我们一起吃吧。"

这就是邀请了，我同他们一块走到包装箱旁，围着箱子蹲在地上。青年问道："你也去摘棉花吗？"

"不。"

"我们已经摘了12天了。"

姑娘从火炉那边说："还领到了新衣服呢。"

两个男人低头瞧着新衣裤，一同笑了。

姑娘摆上那盘咸肉，大个的黑面包，一碗咸肉汁和一壶咖啡，然后自己也蹲在纸箱旁。婴儿的头部暖暖和和地包在背心里面，还在吮奶，我听见小嘴吮奶时的哑哑声。

我们都在自己的盘子上放满面包和咸肉，在面包上浇上肉汁，在咖啡杯里放了糖。那位长者把嘴填得满满的，细细咀嚼了很久才咽下去。于是他说："全能的上帝，真好吃！"接着他又把嘴填满。

年轻人说："我们吃了12天好的了。"

这时，每个人都在狼吞虎咽，都把再次放在自己盘上的面包和咸肉又一下子吃得精光，一直吃得每个人都肚里饱饱的、身上暖暖的。热咖啡把咽喉烫得火辣，但我们把剩在杯底的咖啡连同渣子一块儿泼在地上后又把杯子斟满。

阳光现在有了色彩，但这种发红的亮光反而使天空显得更寒冷。那两个男人面对东方，晨曦把他们的脸照得闪闪发亮。我抬头望了一会，看见老者的眼球上映着一座山峦的影子和正爬越过那座山峰的亮光。

两位男人把杯里的咖啡渣倒在地上，一同站起身。年长的人说："该走了。"

年轻的人转向我，"你要是愿意摘棉花，我们可以帮个忙。"

"不啦，我还得赶路。谢谢你们的早饭。"

长者摆了摆手。"不用谢，你来我们很高兴。"他们俩一同走了。东方的天际这时正燃起一片火红的朝霞，我独自顺着那条乡间土路继续向前走去。

事情就是这些，它之所以令人感到愉快是显而易见的，但它本身具有一种无与伦比的美，因此，我每次回忆时总有一股暖流袭上心头。

两片树叶的故事

[美国] 辛格

　　这是一片广阔的森林，生长着各种各样的树。时间已是 11 月，要在往常该下雪了，可今年却还暖和。夜晚刮风天凉，可早上太阳一出又暖和了，你还以为是夏天呢。不过森林地上已铺满了各色各样的落叶，有的橘黄，有的红艳，有的闪亮，有的五彩缤纷。这些树叶都是在白天或者夜晚被风刮下来的，它们像给森林铺上了一层厚厚的地毯，叶子已经干了但仍然发出一股清香。太阳光透过树枝照在叶子上，那些顶住秋天风雨而活下来的小虫子在叶子上爬来爬去，落叶下边的空隙正是给蟋蟀、田鼠之类提供了做窝的好地方。一些冬天还仍栖身这儿的小鸟停在光秃的树枝上，其中有麻雀，它们个儿小却很勇敢。它们跳着叫着，在寻找森林中的食物。近来几个星期，许多虫子死了，谁也不必为此而哀伤，上帝创造的活物明白，死亡也是生命的一个阶段。当春天来了，这里又会长满碧绿的小草，开出灿烂的花朵。候鸟又会归来，修复它们遭到风雪破坏的旧巢。

　　有棵树的叶子几乎掉光了，但在它的梢头还留有两片，一片叫奥拉，另一片叫特鲁法。它俩长在同一棵树杈的梢头上，因而平时阳光充足。不知什么原因它们还经得住风雨和寒冷，仍旧挂在树枝上。为什么一片树叶要掉另一片树叶还留着呢？谁也不知道。然而奥拉和特鲁法却认为，这正是它俩深厚爱情的缘故。奥拉略大于特鲁法，比她年长几天，而特鲁法却更漂亮、温柔、纤弱。当风吹、雨打、冰雹来临时，一片叶子能帮另一片叶子什么忙呢？就是夏天树叶也会脱落，何况是秋冷冬寒。尽管如此，奥拉还是想尽一切办法来鼓励特鲁法。当那闪电、雷鸣的暴风雨倾盆而下时，风刮走叶子，连树枝也被折断，奥拉对特鲁法恳切地说："坚持住，特鲁法！用全身力气坚持住呀！"

在刮风的寒夜，特鲁法泣诉说："我的日子到了，奥拉，你可得坚持呀！"

奥拉反问说："为什么啊？失去你我的生命还有什么意义？要落掉咱们就一块儿落掉吧。"

"不，奥拉，别这样！一片叶子只要还有一口气，它就不能放手……"

奥拉又说："那看你能不能和我一块儿留下来。白天我望着你美丽的身子，夜晚我闻到你的芳香，哦，不。我决不愿留下来做最后一片孤独的树叶！"

特鲁法说："奥拉，你的话可真甜蜜，但不是真的，你明明知道我已经不美了，身上的汁液全干了，脸上全是皱纹，我在鸟儿跟前都感到难为情。它们的目光充满了对我的怜悯，又像在嘲笑我变得如此枯萎。我已经失去了一切，只剩下了——对你的爱情。"

奥拉说："这不就够了？爱情最美最崇高，只要咱们彼此相爱，任何风暴都摧不垮，咱们会一直呆在这儿。让我告诉你，特鲁法，我从没像现在这样爱你爱得如此深切。"

"那是为什么，奥拉？我全变黄啦。"

"谁说黄色不美绿色才美呢？所有颜色都一样美。"

正在这时，特鲁法一直担心的事果然发生了，一阵风把奥拉卷落地下。特鲁法也身子颤摇起来，像要掉了下去，可她还是牢牢地抓着树干。她见着奥拉在空中摇晃地往下掉，就用树叶的语言大声呼叫："奥拉，回来！奥拉！奥拉！"

可她的话还没说完，奥拉已经不见了。他跟别的叶子在地上混在一起，分不清了，只留下特鲁法在树上孤零零地挂着。

白天她还能强忍悲哀，但天黑之后，露水下滴，特鲁法就再也无法忍受这极度的痛苦了。她把内心的哀伤全责怪在树的身上；叶子落完了，而树干却依然又高又粗地扎根在地里，即使是风呀、雷呀、冰雹呀都对它奈何不得。对永生不灭的树来说，一片小小叶子的命运又何必大惊小怪呢? 特鲁法认为，树干好像是上帝，它用树叶遮体数月，而后又把它们抖落地下，它的汁液抚养了树叶，却又让树叶干渴而死，一切由它高兴。特鲁法多么希望夏天回来，泣求树干把奥拉还她，但树干不听她的哀诉，也许根本听不见……

这个夜晚竟会这么长久、这么寒冷、这么漆黑，特鲁法全没想到。她对奥拉诉说着，可奥拉一无回答，连他是否存在的迹象也一点没有。

特鲁法对树干说，"既然你把奥拉从我这儿夺走，那把我也一起带走吧。"

连这一请求也不被树干理睬。

后来，特鲁法昏迷过去，不是睡眠而是一种奇异的倦意。等她醒来，发现自己已在地上了，原来她在睡着时被风刮了下来。如今她全部的恐慌和忧虑都统统消失了，这次感觉跟以往她在树上迎接日出时可不一样，这是一种从未有过的意识。这使她想到，她不再只是一片仰风的鼻息度日子的叶子了，而成了宇宙万物中的一分子，她不再是渺小、纤弱、短暂的过客，而成了永恒的物体。在神秘力量的帮助下，特鲁法懂得了自己的巨大能量，在自己身上的分子、原子、质子和电子的奇迹。奥拉躺在她的身边，他们重逢时互相有过一股空前的爱恋的感情，这爱是永存的，跟宇宙一般宏大，它再也不必依靠巧合和机遇了。从 4 月到 11 月，他们天天担心的却不是死亡，而是永生。一阵微风吹来，奥拉和特鲁法在幸福中冉冉飘起，这种幸福只有在解脱了自己并同永恒融合在一起的时候，才能感受得到。

毛 毯

[美国] 戴尔

　　让爷爷滚蛋，彼得简直不相信这会是爸爸干的事儿，可这条毛毯的确是今天爸爸买来送给爷爷的，因为明天一早，爷爷就必须滚蛋了。这将是他们共度的最后一夜。爸爸出去会女朋友，这样祖孙俩就可以在一起聊聊天儿了。

　　这是9月里一个晴朗的夜晚，祖孙俩坐在门廊上。"我去把小提琴拿来，"爷爷说，"给你拉几首老曲子。"可爷爷拿来的却是一条毛毯。这条毛毯很大，双人的，红色上面带有黑色的条纹。

　　爷爷说话的时候，尽量做出心平气和的样子，好像是他自愿到孤老院去的。

　　彼得站起身来走进了屋子。他不是那种爱哭的孩子，而且他已经11岁了，彼得进屋是给爷爷拿提琴的。

　　皓月当空，微风徐徐。彼得以后再也听不到爷爷拉小提琴了，爸爸也会离开这儿，搬进新房子去。

　　小提琴突然停住了。爷爷说："你爸爸要娶的那位姑娘也还不错。有那么一位美丽的妻子，你爸爸肯定会重新焕发青春的。可是有我这么个讨厌的老东西，整天在他们眼皮底下碍手碍脚的，那可怎么行！而且他们很快就会有孩子，我也不愿意一天到晚生活在婴儿的哭闹声中。"

　　爸爸和他那位面容娇美的女朋友不知何时走上了门前的小径，一直等他们走到门廊前，祖孙俩才听到姑娘的笑声，于是音乐便像是受了惊吓似的，突然一下停住了。还没等爸爸开口，那姑娘便走上前来，妩媚地对爷爷说："明天早上我不能来给您老人家送行了，所以今晚特意赶来看看您。"

"那可真要谢谢你了。"爷爷说着，垂下了眼睛。看到了地上的毛毯，他便弯腰捡了起来，不无尴尬地对姑娘说："你看看，这毛毯是儿子送给我的，让我带走的。"

姑娘一动不动地盯着毛毯，"还是双人的。"她不无责备地对父亲说，"不管怎样，他也用不着一条双人毛毯！"说完便顺着门前的小路跑走了。

爸爸呆望着她的背影，一副疑惑不解的神情。

"她是对的。"彼得冷冷地对爸爸说，然后递给爸爸一把剪刀，"把毛毯剪成两半儿吧。"

"这主意倒不坏，"爷爷温和地说，"我是用不着这么大的一条毛毯。"

"不错，"彼得粗鲁地打断了爷爷的话，"对一个被赶出家门的老东西来说，单人毛毯已经足够了。爸爸，咱们把另一半儿留着，将来会有用的。"

"你这是什么意思？"爸爸不解地问。

"爸爸，我要把另一半儿毛毯留给你，等将来你老了，我也让你滚蛋。"

一阵沉默。爸爸走过去，坐在爷爷面前，一句话也没说，可爷爷已经懂了，他把一只手放在了爸爸肩上。彼得望着他俩，只听爷爷低声对爸爸说："没关系，孩子，我知道这不是你的意思……"这时候，彼得再也忍不住，哭了起来。

不过这次不要紧——因为他们三个都哭了。

学无止境

[美国] 斯坦伯格

　　这是美国东部一所规模很大的大学毕业考试的最后一天。在一座教学楼前的阶梯上，有一群机械系大四学生挤在一起，正在讨论几分钟后就要开始的考试。他们的脸上显示出很有信心，这是最后一场考试，接着就是毕业典礼和找工作了。

　　有几个说他们已经找到工作了。其他的人则在讨论他们想得到的工作。怀着对四年大学教育的肯定，他们觉得心理上早有准备，能征服外面的世界。

　　即将进行的考试他们知道只是很轻易的事情。教授说他们可以带需要的教科书、参考书和笔记，只要求考试时他们不能彼此交头接耳。

　　他们喜气洋洋地鱼贯走进教室。教授把考卷发下去，学生都眉开眼笑，因为学生们注意到只有五个论述题。

　　三个小时过去了，教授开始收集考卷。学生们似乎不再有信心，他们脸上有可怕的表情。没有一个人说话，教授手里拿着考卷，面对着全班同学。教授端详着面前学生们担忧的脸，问道："有几个人把五个问题全答完了？"

　　没有人举手。

　　"有几个答完了四个？"

　　仍旧没有人举手。

　　"三个？两个？"

学生们在座位上不安起来。

"那么一个呢？一定有人做完了一个吧？"

全班学生仍保持沉默。

教授放下手中的考卷说："这正是我预期的。我只是要加深你们的印象，即使你们已完成四年工程教育，但仍旧有许多有关工程的问题你们不知道。这些你们不能回答的问题，在日常操作中是非常普遍的。"

于是教授带着微笑说下去："这个科目你们都会及格，但要记住，虽然你们是大学毕业生，但你们的教育才开始。"

时间消逝，这位教授的名字已经模糊，但他的训诫却不会模糊。

距 离

[美国] 雷因

25 岁的时候，我因失业而挨饿，以前在君士坦丁堡，在巴黎，在罗马，都尝过贫穷和挨饿的滋味。然而，在这个纽约城，处处充溢着豪华气息，尤其使我觉得失业的可悲。

我不知道有什么办法能改变这种局面，因为我胜任的工作非常有限。我能写文章，但不会用英文写作。白天就在马路上东奔西走，目的倒不是为了锻炼身体，因为这是躲避房东讨债的最好办法。

一天，我在 42 号街碰见一位金发碧眼的大高个儿，立刻认出他是俄国的名歌唱家夏里宾先生。记得我小时候，常常在莫斯科帝国剧院的门口，排在观众的行列中间，等待好久之后，方能购得一张票子，去欣赏这位先生的艺术。后来我在巴黎当新闻记者，曾经去访问过他。我以为他当时是不会认识我的，然而他却还记得我的名字。"很忙吗？"他问我。我含糊地回答了他，我想他已一眼看出了我的境遇。"我住的旅馆在第103 号街，百老汇那边，跟我一同走过去，好不好？"他问我。

走过去？其时是中午，我已走了 5 个小时的马路了。

"但是，夏里宾先生，还要走 60 个街口，路不近呢。"

"胡说，"他笑着说，"只有五个街口。"

"五个街口？"我觉得很诧异。

"是的，"他说，"但我不是说到我的旅馆，而是到第 6 号街的一家射击游艺场。"

这有些答非所问，但我却顺从地跟着他走。一下子就到了射击游艺场的门口，看到两名水兵好几次都打不中目标。然后我们继续前进。

"现在，"夏里宾说，"只有 11 个街口了。"

我摇了摇头。

不多一会，走到卡纳奇大戏院。夏里宾说，他要看看那些购买月戏票子的观众究竟是什么样子。几分钟之后，我们重又前进。

"现在，"夏里宾愉快地说，"咱们离中央公园的动物园只有五个街口了，动物园里有一只猩猩，它的脸很像我所认识的一位唱次中音的朋友。我们去看看那只猩猩。"

又走了 12 个街口，已经回到百老汇路，我们在一家小吃店面前停下来。橱窗里放着一坛咸萝卜。夏里宾奉医生的医嘱不能吃咸菜，因此他只能隔窗望了望。

"这东西不坏呢!"他说，"它使我想起了我的青年时期。"

我走了许多路，原该筋疲力尽的了。可是奇怪得很，今天反而比往常好些。这样忽断忽续地走着，走到夏里宾住的旅馆的时候，他满意地笑着说：

"并不太远吧？现在让我们来吃中饭。"

在那满意的午餐之前，夏里宾给我解释为什么要我走这许多路的理由。

"今天的走路，你可以常常记在心里。"这位大音乐家庄严地说。"这是生活艺术的一个教训：你与你的目标之间无论有怎样遥远的距离，都不要担心。把你的精神常常集中在五个街口的短短距离，别让那遥远的未来使你烦闷异常。常常注意于未来 24 小时内使你觉得有趣的小玩意。"

屈指到今，已经 19 年了，夏里宾也已长辞人世。我们共同走过马路的那一天永远值得我纪念。因为尽管那些马路如今大都已经变了样子，可是夏里宾的实用哲学，有好多次都解决了我的难题。

当玫瑰花开的时候

[智利] 佩德罗·普拉多

　　老园丁培育出了许多许多优良品种的玫瑰花。他像蜜蜂似地把花粉从这朵花送到那朵花，在各个不同种类的玫瑰花中进行人工授粉。就这样，他培育出了很多的新品种。这些新品种成了他心爱的宝贝，也引起了那些不肯像蜜蜂那样辛勤劳动的人的妒羡。

　　他从来没有摘过一朵花送人。因为这一点，他落得了一个自私、讨人厌的名声。有一位美貌的夫人曾来拜访过他。当这位夫人离开的时候，同样也是两手空空没有带走一朵花，只是嘴里重复嘟哝着园丁对她说的话。从那时起，人们除了说他自私、讨人厌之外，又把他看成了疯子，谁也不再去理睬他了。

　　"夫人，您真美呀！"园丁对那位美貌的夫人说，"我真乐意把我花园里的花全部都奉献给您呀！但是，尽管我年岁已这么大了，我依旧不知道怎样采摘下来的玫瑰花，才能算是一朵完整而育生命的玫瑰花。您在笑我吧？哦！您不要笑话我，我请求您不要笑话我。"

　　老园丁把这位漂亮的夫人带到了玫瑰花园里。那里盛开着一种奇妙的玫瑰花，艳红的花朵好像是一颗鲜红的心被抛弃在蒺藜之中。

　　"夫人，您看。"园丁一边用他那熟练的布满老茧的手抚摸着花朵，一边说，"我一直观察着玫瑰开花的全部过程。那些红色的花瓣从花萼里长出来，仿佛是一堆小小的篝火喷吐出的红通通的火苗。难道把火苗从篝火中取出来还能继续保持着它那熊熊燃烧的火焰吗？花萼细嫩，慢慢地从长长的花茎上长了出来，而花朵刚出落在花枝上。谁也无法确切地把它们截然分开。长到何时为止算是花萼，又从何时开始算作花朵？我还观察到当玫瑰树根往下伸展开来的时候，枝干就慢慢地变成白色，而它的根因地下渗出的水的作用，又同泥土紧紧地结合起来了。

"如果我连一朵玫瑰花该从哪儿开始算起都不知道，那我怎么能把它摘下来送给他人？要是硬行把它摘下来赠送给别人。那么，夫人，您知道吗？一种残缺的东西其生命是十分短暂的。

"每年到了十月，那含苞待放的玫瑰花蕾绽开了。我竭力想知道玫瑰是在什么地方开始开花的。我从来也不敢说：'我的玫瑰树开花了。'而我总是这样欢呼着：大地开花了，妙极啦！

"在年轻的时候，我很有钱，身体壮实，人长得漂亮，而且心地善良，为人忠厚。那时曾有四个女人爱我。

"第一个女人爱我的钱财，在那个放荡的女人手里，我的财产很快地被挥霍完了。

"第二个女人爱我的健壮的体格，她要我同我的那些情敌去搏斗，去战胜他们。可是不久，我的精力就随着她的爱情一起枯竭了。

"第三个女人爱我的英俊的容貌。她无休止地吻我，对我倾吐了许许多多情意缠绵的奉承话。我英俊的容貌随着我的青春一起消逝了，那个女人对我的爱情也就完结了。

"第四个女人爱我忠厚善良。她利用我这一点来为她自己谋取利益，最后我终于看出了她的虚伪，就把她抛弃了。

"在那个时候，夫人，我就像是一株玫瑰树上的四朵玫瑰花。四个女人，每人摘去一朵。但是，如果说一株玫瑰树可以迎送一百个春天的话，那么一朵玫瑰花却只能有一个春天。我那几朵可怜的玫瑰花，就是如此这般地、一旦被人摘下，也就永远地凋零了。

"至此以后，从来没有人在我的花园里拿走过一朵采摘的花。我对所有到我这花园来的人说：你什么时候才能不热衷于那些分割开来的、残缺不全的东西呢？假如你真能把每件事物的底细明确地分清楚，假如你真能弄清玫瑰长到何时算作花萼，又从何时开始算作花朵的话，那么，你就到那玫瑰开花的地方去采摘吧！"

玫瑰树根

[智利] 米斯特拉尔

地下同地上一样，有生命，有一群懂得爱和憎的生物。

那里有黪黑的蠕虫，黑色绳索似的植物根，颤动的亚麻纤维似的地下水的细流。

据说还有别的：身材比晚香玉高不了多少的土地神，满脸胡子，弯腰屈身。

有一天，细流遇到玫瑰树根，说了下面的一番话：

"树根邻居，像你这么丑的，我从来没有见过呢。谁见了你都会说，准是一只猴子把它的长尾巴插在地里，扔下不管，径自走了。看来你想模仿蚯蚓，但是没有学会它优美圆润的动作，只学会了喝我的蓝色汁液。我一碰上你，就被你喝掉一半。丑八怪，你说，你这是干什么？"

卑贱的树根说：

"不错，细流兄弟，在你眼里我当然没有模样。长期和泥土接触，使我浑身灰褐；过度劳累，使我变了形，正如变形的工人胳臂一样。我也是工人，我替我身体见到阳光的延伸部分干活。我从你那里吸取了汁液，就是输送给她的，让她新鲜娇艳；你离开以后，我就到远处去寻觅维持生命的汁液。细流兄弟，总有一天，你会到太阳照耀的地方。那时候，你去看看我在日光下的部分是多么美丽。"

细流并不相信，但是出于谨慎，没有作声，暗忖道，等着瞧吧。

当他颤动的身躯逐渐长大，到了亮光下时，他干的第一件事就是去

寻找树根所说的延伸部分。"

天啊！他看到了什么呀！

到处是一派明媚的春光，树根扎下去的地方，一株玫瑰把土地装点得分外美丽。

沉甸甸的花朵挂在枝条上，在空气中散发着甜香和一种幽秘的魅力。

成渠的流水沉思地流过鲜花盛开的草地：

"天哪，想不到丑陋的树根竟然能延伸出美丽……"

叫喊着的土豆

[澳大利亚] 怀特

人们都说她削一手好土豆，削掉的皮特别薄。自从他抛弃了她，她不得不一个人带着 7 个孩子过活。我曾经看见她手里拿着一个削好的土豆，也许是欣赏自己的手艺，也许是纳闷是不是应该把芽眼也抠抠干净。或许应当就这样不必再动了。挖掉眼儿就得带走一点"果肉"。

这是好久以前的事情了。从那以后，我们以道德和正义的名义，也干了点儿"挖眼儿"的事儿。当我站在那儿等待绿灯过街的时候，被惩罚的人和复仇者的叫喊沿着卡斯勒瑞大街，飘荡。

又站在自动扶梯上面了。（千万别碰扶手，鬼知道你会抓到什么）不管是上还是下，叫喊声都在你冲我撞，一会儿变弱，一会儿增强，一会儿在生活的势头面前全然消失——人们以为这就是我们的生活。当然，对于某些人也许确实如此。

我倒挺想相信这样的神话——越老越聪明。从某种意义上讲，我不相信这一套倒是聪明的表现。中年人，如果仁慈厚道，多愁善感，会接受这个"越老越聪明"的神话。要是铁石心肠，便会把我们看作是可有可无的玩意儿，就像一堆破烂家具，或者枯死的花儿。对于年轻人，我们几乎就不存在，除非你是同一个家庭里势必要生活在一起的成员——经常放屁，流口水，总是把假牙和双焦老花眼镜放错地方。有的人如果把死亡看作一种解脱，就会将这种厌恶看作是仙丹妙药，笃信这一切。倘若不能如愿以偿，老而不死，就总想起他们受过的"挖眼儿"之苦。

　　我们之中有的人为了赎清对我们的同类动物——父母、儿女、爱人、朋友——的轻微的伤害，变成严格的食素者。尽管对大街上相逢的陌路人，目光中仍然藏着刀剑——如果他们不肯承认我们作为行人的权利的话。

　　祈祷和素食应该帮助我们赎罪。事实上却不能。即使吃素你也得拿刀去切菜。听见爱纠缠小事的莴苣的啜泣，斩断了的防风根菜的沙哑的抗议，开水锅里削了皮的土豆的叫喊，往事的回忆又浮现在眼前。因此，一个利他主义者怎样才能表现他的真诚呢？也许我们可以靠空气而生存直到我们回归到泥土之中？哦，泥土，那是土豆的温床。当它们为新生而准备"有眼无珠"的眼儿的时候，就在这温床轻轻地骚动。

　　啊，上帝，驱散我们的恶梦吧——在梦中梦见了我们不曾犯过的凶杀罪。也许我们犯过这样的罪行？

心　愿

[澳大利亚] 德温

伊莎贝尔那天下午拉得愈发出色，当小提琴奏出的最后几节啜泣的音符慢慢消失之后，观众席上爆发了雷鸣般的掌声。她走下舞台，音乐教师瑟奇欣喜若狂地拥抱着她，他大声说："你猜怎么着？安德烈亚斯要见你。"

"那个亿万富翁？"

"正是。有了他的支持，你就能去欧洲接受顶尖音乐家的训练。"

妈妈却严肃地警告她："你最好小心，他也许另有所图。"

她一踏入豪华酒店的门厅，就意识到妈妈的顾虑是多余的。在大厅里的20多个男子中，他是那样出众。他神情庄重地凝视着她："你比我想象的还要年轻。"

"我已经18岁啦。"

"可我32岁了。不过我必须承认你的琴拉得像个历经悲欢的成熟妇人，这是为什么？"在烛光晚宴上，她解释了其中的缘由：幼年时期她所表现出的天赋，父亲被拖拉机压死的惨状，母亲卖掉了农场带她进了城，10岁的她找到当地音乐学院的顶尖小提琴老师瑟奇并拜他为师。

"你怎么付他学费呢？"

"我告诉他，只要他把我教好，我长大以后就会在好多音乐会上获奖，那时就可以付他学费了。"安德烈亚斯强忍着才没笑出声来："伟大的瑟奇竟听命于一个10岁的小女孩！可你有理由对自己充满信心。"她摇了摇头："还不及你一半呢，你赤手空拳来澳洲创下如此基业一定不易。"

他语气沉重地说："拥有金钱并不意味着拥有一切，金钱和幸福没多大关系。""你不幸福吗？""至少今晚很幸福。"

午夜已过，他们还在舞池跳最后一曲。伊莎贝尔已深陷爱河，而安德烈亚斯却很实际。在开车送她回家的路上，他说："你我之间的协议是这样：你在这里，在墨尔本跟瑟奇再学一年，我俩每月会晤一次研究你的学习进展情况。此后，如果一切进展顺利，我会付你赴欧学习的4年费用。我相信你能做到，只要你为我全心全意地投入。"

在接下来的几个月里，这句话一直在伊莎贝尔耳边回响：只要你为我全心全意地投入。他说这话时是否意识到这句话的双关义？他是否看出她已爱上了他？

安德烈亚斯在乡间别墅办了一次聚会，伊莎贝尔也在应邀之列。她满腹心事地坐在汽车里看着大家都已离去才发动汽车，谁料汽车因为忘了关灯，电池没电了。头上雷声隆隆，她向别墅跑去，须臾，骤雨倾盆而下，她立刻成了落汤鸡。

客厅壁炉里的火闪着橙黄色的光，他们相互凝视着。突然，他双手捧起她的脸，给了她一个长长的、深深的吻，这一吻使她全身着了火似的战栗起来。他喃喃地说："伊莎贝尔，我爱你！我爱你！"

次日清晨，她醒来时意识到自己躺在他那宽大的双人床上，他忧郁地俯视着她："有件事我没告诉你，我已结婚，但与她已分居7年，只差没办手续啦。"

"为什么不办？"

"海伦她说不在乎，我觉得这样也好逃避那些冲着我钱来的女人。不过现在不同了，我要娶你，我会跟她离婚，我保证。"

一个月过去了，安德烈亚斯从未给她挂过电话，她打去他也不接，而且拒绝见她，只托瑟奇捎来一句话："我和海伦已重归于好，你我之间的一切都结束了，你要多少钱都可以。"她得知这个消息顿觉五雷轰顶，泪眼模糊之中，没有看见侧面开来的卡车，等她醒来时已躺在医院的病床上。妈妈告诉她："你身上的胎儿保住了，但等生下以后就得送给别人抱养。你的视力和体力需要几个月才能恢复。"

5 年过去了，女儿在瑟奇的安排下被送走时，她已泣不成声。此后，她疯了似的投入了事业。今天，经过 4 年研修学成回国，报纸上称她的归乡音乐会是"成功的杰作"，而她却觉如鲠在喉。报纸上的另一幅照片吸引了她的目光：一个小女孩在吹生日蛋糕上的 4 根蜡烛，安德烈亚斯坐在她身旁。伊莎贝尔把报纸一扔，一把抓起电话："瑟奇，谁收养了我的女儿？"

安德烈亚斯的乡间别墅与她记忆中的一模一样，只是草坪上多了辆三轮脚踏车，安德烈亚斯的头上已有银丝，眼角也生出了皱纹。"我想见我的女儿，不知海伦是否会同意？"

"海伦 3 个月前死了，跟我来。"他把她带进了客厅，"那一夜后的第二天，我去找海伦离婚，她勃然大怒，脚下一滑从楼梯上摔了下来，瘫痪了。我很内疚，便发誓要照顾她一辈子。"

"你为什么不早告诉我？"

"我怕会因此失去同海伦在一起的勇气。"

"海伦死后你为什么不跟我联系？"

"瑟奇告诉我你只关注事业，所以我猜没有我你会更快乐。"

"你应该问我本人。"

安德烈亚斯眼中闪着新生的光彩，他第二次在壁炉前双手捧起她的脸，声音喑哑地问："你我现在重新开始是不是太晚了？"

她按捺着怦怦的心跳，仰起头来轻声说："不晚，安德烈亚斯，爱永远不会晚。"

适时的奉献

[马尔他] 迈卡利弗

事故之后，汤姆一直沉浸在悔恨与悲哀中。他后悔：不该为一点小事与妻子争吵，不该不陪她去车站，不该……

他不明白为什么会发生这样的事故。实际上，无人能料到在他的妻子海伦靠向车门时，车门会突然打开……

事故发生时，他正在不耐烦地看表。几个月前，他与海伦分居，但双方均认为，他们终将会言归于好。

等了两个小时之后，他决定回家；他心情忧郁，看见两个人等在家门口时，他更加不悦。

他暗想：他们要干什么？却没有注意到其中一人是巡警。

另外一个是邻居吉姆，他的老同学。

"汤姆，"吉姆说，努力掩饰自己的情绪，"这是巡警罗宾逊，我们可以进去一会儿吗？"

"当然可以。出了什么事？"汤姆边问边向巡警点头。

他们进入客厅。汤姆正要准备饮料时，巡警说话了：

"史密斯先生，请你坐下，我们有一个可怕的消息必须要告诉你。"

巡警停住，不知如何继续。吉姆说话了，他的话断断续续，但汤姆完全可以听明白：

"汤姆……海伦出事了……今晚在火车站……门开了……她掉了下去……"

他描述了事故经过，但汤姆好像没有听见。

在以后几天里，家里人来人往。之后，汤姆拒绝与周围的人往来。他不能接受与海伦永别的现实。

医生说他神经错乱，建议他接受心理治疗。

但汤姆谁也不见，葬礼之后，他甚至从未走出家门。

前几周里，他在别人的服侍下吃饭、洗漱、穿衣。几个月后，他生活才可自理。他的老板很有同情心，为他提供了一台与公司联网的电脑，让他在家工作。

汤姆念念不忘过去的事，常想：如果花些时间去办公室接她，如果花些时间谈谈他们的问题，如果……

6个月后的一天，汤姆终于同意与朋友们出去晚餐，地点是一家酒吧，开车约一小时。他谢绝朋友们的接送，决定自己开车去。

那一天，他提前出发赴约，以防交通阻塞。天渐渐地黑下来，路上爬满黄色的车灯。

他注意到右前方出现一片混乱，吃惊地看到几栋着火的房子。许多人聚在那里，哭喊声交织在一起。车无法开近着火的房子，他就跳下车，向最近的那所房子跑去。

空气中弥漫着焦糊味儿，他的周围烟雾缭绕，一片狼藉。烧伤的人躺在地上，惊恐万状。他径直向第一所房子奔去。

火几乎吞没了那栋房子，只有顶层靠右边的一间屋子尚未烧到。一伙人在拼命地阻拦一位绝望的妇女，她在不停地喊："安妮！保罗！"

在嘈杂的人堆里，没有人听到安妮、保罗的名字，但汤姆听到了。他毫不犹豫地冲进房子。在房内他找到一条毛巾，将其浸湿，一边上楼一边用湿毛巾裹住脸。

喊叫声不太清楚，好像来自右边。汤姆很快扫视一下房内的格局：左边是火，右边是关紧的门。

他去摸门把手，很烫。他解下裹脸的湿毛巾，用它包住门把手，将门打开。

如果他不知道地狱的样子，那么现在该知道了。窗帘、椅子、地毯……到处是火，他呼吸困难，但喊声使他继续向前。他蹲下身子以躲避烟火。他注意到角落里蜷缩着两个孩子。

"安妮！保罗！"他大叫。屋顶吱吱作响，汤姆知道他们时间不多了。远处消防车及救护车呼啸而至。

火焰弥漫了整间屋子，孩子们晕倒在他的臂上，他知道时间已到。他尽力用身体护着孩子，跳过大火，找到下楼的阶梯。他看不见东西，只靠双脚探索前进。

他几次要栽倒，但臂上的重量支撑着他。他甚至没有感觉到火舌已吞尽衣服，舔到皮肉。

他好像看见了门，一个男人的轮廓。臂上的重量被卸下……孩子们……照顾好孩子们……

然后就什么都不知道了。

一张脸俯视着他。浅浅的微笑掩饰不住护士那担忧的双眼。

疼，浑身难忍地疼，但他仍挣扎着要讲话。

"孩子，安妮和保罗，他们在哪里……"

"他们很好，"他听到她说，"谢谢你，史密斯先生。"

"很好。"他低声说。然后他见到另一张脸，模糊，但很熟悉。

"海伦，"他说，"见到你真高兴。"

"别出声，"她说，"汤姆，把手给我，我们还有最后一段路要走。"

他走向那只手。突然，一切疼痛消失，光明出现了，没有血，没有疼。

他与海伦又在一起了。这一次，他们永远不会分开了。

他的墓碑上写着：他没有时间了，只好奉献生命。

对号入座

［英国］ 杰罗姆

　　我的肝脏出了问题，这是我读了一则肝片广告后得出的结论。该广告罗列了肝病的种种症状，人们据此可以判断自己的肝脏是否有病，所有的症状我都有。

　　这件事虽然有些意外，不过每当我读到一则药物广告时，总会联想起平时感觉到的某些不适，从而推断自己正患着广告上所说的那种病。而且病已久入膏肓。

　　有一次，我怀疑自己得了枯草热病，就去大英帝国图书馆查找有关资料。我读了医学百科全书中有关枯草热病部分以后，又随手浏览起书上的其他疾病来。这一看可不得了，没等我把第一种病的"前驱症状"看完，我就已经得出结论：我又患有此病。

　　我呆坐着，恐惧使我周身颤栗。过了一会儿。我又拿起书本，机械地翻阅着。我有伤寒——读了伤寒病的症状后，我就这样断定，而且已有几个月了，我却毫无察觉；舞蹈病，如我所料，我也患了。我对自己这个病例逐渐产生了兴趣，决定将书里的全部疾病，按照 26 个英文字母顺序细查到底，读到疟疾，发现自己不仅患着，而且两周以后会急性发作；布耐特氏肾脏病，幸好我得的只是轻型的（仅此一点，我还能活上几年）；还有霍乱，已经出现严重的并发症，白喉，我好像与生俱来……等我翻完全书时，我所能肯定自己唯一没得的疾病，只有膝盖骨囊炎。

　　起初我着实感到忿忿不平，这似乎是对我的一种轻蔑。为什么不让我得膝盖骨髓炎？为什么要有这令人扫兴的例外，过了一会儿，我才平静下来，不再认为自己该得世上所有的疾病了，我思忖自己已经得了医学上除膝盖骨囊炎以外的其他任何疾病，感情就不那么自私了，觉得没得膝盖骨囊炎也没什么关系。痛风病不是早有了吗？眼看到它就要进入危险期，可自己还毫无察觉。发酵病，我肯定是从孩提时代就患了。因为发酵病在书上排列最末，所以我认定自己再没有其他什么病了。

我坐在那里陷入了沉思。我想，从医学角度来看，我是一个多么有趣的病例！对整整一个班的医学生来说，又会给他们带来多少收获！学生们要是拥有我这个病例，再也不必费神去跑医院。我个人就是一所医院。他们只要围着我转转，就可以拿到毕业文凭。

我想知道自己到底还能活多久，于是试着作自我检查。先是搭脉，起先根本就感觉不到脉博，后来突然间似乎又有了。我取下手表一数，每分钟竟达147次！接着，我又去触摸心跳，没摸着，我便想它是否已经停止了跳动。后来我又纠正自己，心脏肯定还在某个地方跳动着，只是我无法解释这种现象罢了。我拍拍前胸和后背，又拍了拍身体两侧，并没发现异常。我想看看舌头，便尽力将舌头伸出口外，闭上一只眼，用另一只眼睁着看，但只能看到舌尖，而我唯一能从中得出的，是比以往更肯定了：我还得了猩红热。

刚刚跨进阅览室的时候，我还是一个健康快乐的人，可此时恍恍而出的我，却已成一个百病缠身，衰朽不堪的病夫了。

我去找我的一个老朋友，他是医生，每当我自以为有病的时候，他就给我诊脉，给我望舌，同我谈论天气，而且分文不取。所以我想现在得回报他一点什么好处。"一个医生最需要的是什么？"我自问自答，"当然是实践。他若有我，就会得到比1700个只患一种两种病的普通病例加起来还要多的实践。"于是，我径直跑去找他。"你又有什么不舒服了吗？"他问。

我说："伙计，我不想因为告诉您我有哪些不舒服而浪费您的一生。生命是短暂的，只怕我还没讲完，您就要谢世了。可我能告诉您我没得哪种病。我只是没得膝盖骨囊炎。为什么不得这种病，我说不上来，但事实如此，其余的病我都得了。"

接着，我把如何发现这件事的经过原原本本地告诉了他。

他解开了我的衣服，仔细看着我。然后，乘我不备在我胸前敲了敲，紧接着，俯身将脸贴在我身上听了听。最后坐下开了处方，并将处方折起来递给我。

我把它揣进口袋走了出来。

我没有打开处方，来到就近的一家药店，把它递了进去。药剂师看了看，退了回来。

他说没有上面写着的那些东西。

我问："您是药剂师吧？"

他回答："我是药剂师。如果我这里是合作商店兼营家庭旅社的话，兴许会让您满意。可我仅是一名药剂师，对此我无能为力。"

我读了读处方，上面写着：

每六小时一磅牛奶，加一品脱苦味啤酒。

每天早晨步行 10 公里。

每天晚上准 11 时就寝。

不要把不理解的东西塞进自己的脑子。

我照着做了，其结果是令人高兴的——就我个人而言，我不仅活了下来，而且还活得非常轻松愉快！

未上锁的门

[英国] 凯器琳·金

在苏格兰的格拉斯哥，一个小女孩像今天许多年轻人一样，厌倦了枯燥的家庭生活和父母的管制。

她离开了家，决心要做世界名人。可不久，她每次满怀希望求职时，都被无情地拒绝了。她只能走上街头，开始出卖肉体。许多年过去了，她的父亲死了，母亲也老了，可她仍在泥沼中醉生梦死。

期间，母女从没有什么联系。可当母亲听说女儿的下落后，就不辞辛苦地找遍全城的每个街区，每条街道。她每到一个收容所，都停下脚步，哀求道："请让我把这幅画贴在这儿，好吗？"画上是一位面带微笑、满头白发的母亲，下面有一行手写的字："我仍然爱着你……快回家！"

几个月后，没有什么变化。桀骜的女孩懒洋洋地晃进一家收容所，那儿，正等着她的是一份免费午餐。她排着队，心不在焉，双眼漫无目的地从告示栏里随意扫过。就在那一瞬，她看到一张熟悉的面孔："那会是我的母亲吗？"

她挤出人群，上前观看。不错！那就是她的母亲，底下有行字："我仍然爱着你……快回家！"她站在画前，泣不成声，这会是真的吗？

这时，天已黑了下来，但她不顾一切地向家奔去。当她赶到家的时候，已经是凌晨了。站在门口，任性的女儿迟疑了一下，该不该进去？终于她敲响了门，奇怪！门自己开了，怎么没锁？不好！一定有贼闯了进去。记挂着母亲的安危，她三步并作两步冲进卧室，却发现母亲正安然地睡觉。她把母亲摇醒，喊道："是我！是我！女儿回来了！"

母亲不敢相信自己的眼睛。她擦干眼泪，果真是女儿。娘儿俩紧紧抱在一起，女儿问："门怎么没有锁？我还以为有贼闯了进来。"

母亲柔柔地说："自打你离家后，这扇门就再也没有上锁。"

招　牌

[英国] 哈里特·思勤

帕帕·敦特一向非常喜欢花。他经营花店已经很多年了。他工作非常勤奋，并且生活得也很美满，他甚至有足够的钱供他的儿子约翰上大学。

约翰也像他父亲一样喜欢花。虽然他想上大学，但他的理想是毕业后帮助父亲经营这个花店。

花店位于十字路口旁。尽管花店没挂招牌，但由于帕帕·敦特多年的苦心经营，城里的人们谁都知道这儿出售的鲜花是全城最美的。花店第一次开业时，挂着一块很大的招牌。上面写着：

本店出售美丽鲜艳的花

第一个来到花店的顾客对帕帕·敦特说："我很喜欢你的花店，可不喜欢你的招牌。美丽、鲜艳的花，难道你就不可以卖别的种类的花吗？你为什么不把'美丽鲜艳'删掉呢？"

帕帕·敦特欣然同意，认为这样很好，于是把招牌改为：

本店出售花

第二天，又一个顾客来到花店，他认为这个新开业的花店很使他称心如意，但他也不喜欢花店的招牌。他说："假如你不在这儿卖花，又在哪儿卖呢？帕帕·敦特你应该把招牌上的'本店'两字去掉，这样多简单明了!"

于是，帕帕·敦特又把招牌改为：

卖　花

第三天，帕帕·敦特的叔叔来到花店。

"你这个花店很漂亮。"他说，"可是招牌太啰嗦了。'卖花'，花当然是卖的，但是这样写，给人一种不愉快的感觉，你为什么不把'卖'字去掉呢?"

这样，花店的招牌上只剩下一个字：

花

又过了一天，本城的一个官员也光临帕帕·敦特的花店。

"我们来到这儿，感到很荣幸。"官员说："你的花店看起来很整洁，宽敞明亮，你是一个很善于经营花店的人，你的花店位置适中，橱窗布置得幽雅大方。不过，我对于你的招牌有些想法。'花'，你的橱窗里摆满了美丽的花，那么你的招牌就是摆设了。人们看见这花，就会知道你出售花。所以，最好是让你的花自己去说明吧!"

帕帕·敦特听从了官员的忠告，索性摘去了招牌。

路过花店的人们一看到橱窗里摆放着的鲜花，总是不由自主地停下来。最后，帕帕·敦特的鲜花远近闻名，盛誉不衰，没有人再去别的地方买花了。

这样，许多年过去了。

现在，帕帕·敦特要和儿子一起经营花店，他高兴极了。随着岁月的流逝，他渐渐变得苍老，对经营花店已经有些力不从心了。

送走了那些看望约翰的人们，帕帕·敦特问儿子："约翰，现在，你要为花店做的第一件事是什么?"

"哦，爸爸，我们首先要挂个招牌。在商业化的今天，它尤其是必不可少的。"儿子回答。"挂个招牌，孩子?""对。""那么，招牌上写什么呢?""喂，让我想想……就写'本店出售美丽鲜艳的花'吧……"

祖父的表

[英国] 斯·巴斯托

那块挂在床头上的表是我祖父的，它的正面雕着精致的罗马数字，表壳是用金子做的，沉甸甸的，做工精巧。这真是一块漂亮的表，每当我放学回家与祖父坐在一起的时候，我总是盯着它看，心里充满着渴望。

祖父病了，整天躺在床上。他非常喜欢我与他在一起，经常询问我在学校的状况。那天，当我告诉他我考得很不错时，他真是非常兴奋，"那么不久你就要到新的学校去了？"他这样问我。

"然后我还要上大学。"我说，仿佛看到了我面前的路，"将来我要当医生。"

"你肯定会的，我相信。但是你必须学会忍耐，明白了吗？你必须付出很多很多忍耐，还有大量的艰辛劳动，这是走向成功的必经之路。"

"我会的，祖父。"

"好极了，坚持下去。"

我把表递给祖父，他紧紧地盯着它看了好一阵，给它上发条。当他把表递给我的时候，我感到了它的分量。

"这表跟了我50年，是我事业成功的印证。"祖父自豪地说。

祖父从前是个铁匠，虽然现在看来很难相信那双虚弱的手曾经握过那把巨大的锤子。

盛夏的一个晚上，当我正要离开他的时候，他拉住我的手。"谢谢你，小家伙，"他用非常疲劳而虚弱的声音说，"你不会忘记我说的话吧?"

一刹那,我被深深地感动了。"不会,祖父。"我发誓说,"我不会忘的。"第二天,妈妈告诉我,祖父已经离开了人世。

祖父的遗嘱读完了,我得知他把那块表留给了我,并说我能够保管它之前,先由我的母亲代为保管。我母亲想把它藏起来,但在我的坚持下,她答应把表挂在起居室里,这样我就能经常看到它了。

夏天过去了,我来到一所新的学校。我没有很快找到朋友,有一段时间内,我很少与其他的男孩交往。在他们中间,有一位富有的男孩,他经常在那些人面前炫耀他的东西。确实,他的脚踏车是新的,他的靴子是高档的,他所有的东西都要比我们的好——直到他拿出了自己的那块手表。

正如他自己所说的,那表不但走时极为准确,而且还有精致的外壳,难道这不是最好的表?

"我有一块更好的表。"我宣称。

"真的?"

"当然,是我祖父留给我的。"我坚持。

"那你拿来给我们看看。"他说。

"现在不在这儿。"

"你肯定没有!"

"我下午就拿来,到时候你们会感到惊讶的!"

我一直在担心怎样才能说服母亲把那块表给我,但在回家的汽车上,我记起来那天正好是清洁日,我母亲把表放进了抽屉。一等她走出房间,我一把抓起表放进了口袋。

我急切地盼着回校,吃完中饭,我从车棚里推出了自行车。

"你要骑车子?"妈妈问,"我想应该将它修一修了。"

"只是点小毛病,没关系的。"

我骑得飞快,想着将要发生的激动人心的时刻,我仿佛看到了他们羡慕的目光。

突然,一条小狗窜入了我的车道,我死命地捏了后闸,然而,在这同时，闸轴断了——这正是我想去修的。我赶紧又捏前闸，车子停了下来，可我也撞倒了车把上。

我爬了起来，揉了揉被摔的地方。我把颤抖的手慢慢伸进了口袋，拿出那块我祖父引以为自豪的物品。可在表壳上已留有一道凸痕，正面的玻璃已经粉碎了，罗马数字也已经被古怪地扭曲了。我把表放回口袋，慢慢骑车到了学校，痛苦而懊丧。

"表在哪儿？"男孩子们追问。

"我母亲不让我带来。"我撒了谎。

"你母亲不让你带来？多新鲜！"那富有的男孩嘲笑道。

"多捧的故事啊！"其他的人也跟着哄了起来。当我静静地坐在桌边的时候，一种奇怪的感觉袭了上来，这不是因同学的嘲笑而感到羞愧，也不是因为害怕母亲的发怒，不是的，我所感觉到的是祖父躺在床上，他虚弱的声音在响：

"要忍耐，忍耐……"

我几乎要哭了，这是我年轻时代最伤心的时刻。

看 望

[德国] 海·格兰特

上午最后一节课开始的时候，有人从外头喊培德·莱默斯："你妈妈看你来了！把东西收拾一下，今天别上课了。"

妈妈来了！培德全身的血往上涌，耳朵都红了。他把数学本子收到一块儿，然后磕磕绊绊地慌忙离开了教室。

她在接待室里，坐在最前排一把椅子的边上，充满希望地对他微笑。满脸皱纹、瘦瘦小小的妈妈穿着一件旧式大衣，灰色的头发上是一条黑头巾。

"培德，我的儿子！"他感觉到她那干粗活的、长着茧子的手指握住了自己的手，闻到了她那只有过节才穿的衣服上的樟脑味儿。他的心在感动和压抑之间犹豫。为什么她偏要在今天在上课的日子里来！来这儿，大家都会看见她。那些有钱的、傲慢的男孩子们，他们的父母都是开着小汽车到寄宿学校来，把礼物、钱这么随便一撒。她根本想象不到，在这儿靠着他的奖学金有两套廉价制服和少得可怜的零用钱是多么不容易。

"校长先生说，你可以带我去看看你的房间，你今天不用上课了。真好，不是吗？"

亲爱的上帝，她已经到校长那儿去过了！她穿着这件不像样子的大衣，还戴着手套！那么好吧，他抹了抹潮湿的额头，带着愤愤的果断抓起那个古老的方格纹手提包——这种提包不装东西就够沉了，只有粗壮结实的农民才提它出门。

他飞快地爬上楼梯，走进那间小小的双人房间时，连气都喘不上来了。"那就是我的床。那边，靠窗子的，是阿克桑德·齐姆森的。他爸爸是工厂主，富得要命，一辆汽车就像我们房间这么大！"

他从她肩膀上看去满意地发现她几乎是虔诚地注视着那张床，她大概惊讶齐姆森盖的竟然不是金被子。然后，她带着幸福的微笑又转向他，并且打开那个方格纹手提包。"我带来几件新衬衣，培德。是柔软的好料子做的，颜色也是时下流行的——这是女售货员告诉我的。这是一块罂粟蛋糕，你最爱吃的，里面放了好多葡萄干呢！现在就吃一小块吧！这可是你白天黑夜都爱吃的东西！"

她温存地笑着，愉快地走到他面前，但他不耐烦地拒绝了。

"现在不吃，妈妈，就要下课了，一会儿所有的人就都要涌到这儿来，别让他们看见你。"

"怎么……"她疑惑地看着他，接着那张被太阳晒黑的脸孔一下子涨红了，在拉上手提包时，她的手微微地颤抖着。

"是这样。好吧，那我们最好还是走吧。"

但这时过道里已经有了响声，紧接着齐姆森就走进房间里来了。该死！正好是这个齐姆森！他的友谊对培德来说至关重要。齐姆森有一种苛求的、爱好挑剔的审美观。（现在这场会面！）"这是我妈妈，"培德笨拙地、结结巴巴地介绍，"她来给我送换洗衣服和蛋糕。"他感到脑袋在痛。齐姆森说着自己的名字，一面用培德一向羡慕极了的姿势动作优美地鞠着躬，一面彬彬有礼地微笑着。"这真是太好了。家里人来看望永远是最高兴的事。不是吗，莱默斯？"这肯定只是一句客套话，培德带着乡下人的猜疑想道。但是妈妈却满面笑容地向齐姆森道谢。"是啊，我给他送新衬衣来了。我们刚刚麦收完，我要来看看他。"

母子两人匆匆忙忙地悄悄下楼梯，一直到大门口他才舒了口气。

"你知道，他们都是非常傲慢的，而且他们很看重外表。对我倒无所谓，可是……"

"我知道了，培德，我知道你。"

在"大熊"饭店他们喝了一碗汤，他热心地给她讲自己的班级，讲老师和同学，她默默地听着，明亮清澈的眼睛注视着他的脸孔。后来他要到教堂里去看一看。傍晚带点儿凉意，当他挨着她跪下时，忽然感觉到她老了许多，背也驼了许多。

"你可以坐6点那趟火车走，"他没有把握地建议，"也许还能在候车室喝杯咖啡呢。"

她疲倦地摇了摇头："不了，就这样吧，我的儿子。他们都在等着我呢，如果挤奶和喂牲口的时候我在家，他们会很高兴的。再说，我现在知道你过得很好，也不那么想家了。"

他还想说些什么，随便说些什么，但喉咙哽阻，什么也说不出来。这时列车员关上了门。他从窗口又一次看见她的刻画着艰辛和忧虑的发灰的脸庞。"妈妈！"他喊，可是火车开动了。

在他的房间的桌子上，看见了那块罂粟蛋糕，气味芳香。可他一点也不饿。他走到窗子边，久久地呆望着外面，一直到天黑下来。他的咽喉总感觉到异样疼痛。后来，齐姆森进来了，一眼看见还没有动过的蛋粒。奇怪地问他是不是病了，他这才无言地拿起一把刀切开蛋糕。

"你究竟为什么那么快就让你妈妈走了？"突然齐姆森严肃地，几乎是阴沉地问，"你呀。要是我有一个这样的妈妈就好了！"

培德这才想起：齐姆森的父母已经离婚了。他愣在那里，他知道无可反驳。机灵的齐姆森带着他惯有的明朗微笑，指着蛋糕：

"来来，动手啊，不然要发霉了。"

他们一起大嚼蛋糕的时候，培德喉咙的压迫感渐渐消失了。

差 别

[德国] 克里斯蒂安森

两个同龄的年轻人同时受雇于一家店铺，并且拿同样的薪水。

可是叫阿诺德的小伙子青云直上，而那个叫布鲁诺的小伙子却仍在原地踏步。布鲁诺很不满意老板的不公正待遇。终于有一天他到老板那儿发牢骚了。老板一边耐心地听着他的抱怨，一边在心里盘算着怎样向他解释清楚他和阿诺德之间的差别。

"布鲁诺先生，"老板开口说话了，"您今早到集市上去一下，看看今天早上有什么卖的。"

布鲁诺从集市上回来向老板汇报说，今早集市上只有一个农民拉了一车土豆在卖。

"有多少？"老板问。

布鲁诺赶快戴上帽子又跑到集市上，然后回来告诉老板一共40口袋土豆。"价格是多少？"布鲁诺又第三次跑到集市上问来了价钱。"好吧，"老板对他说，"现在请您坐到这把椅子上一句话也不要说，看看别人怎么做。"

阿诺德很快就从集市上回来了，并汇报说到现在为止只有一个农民在卖土豆，一共40口袋，价格是多少多少；土豆质量很不错，他带回来一个让老板看看。那个农民一会儿以后还弄来几箱西红柿在卖，据他看价格非常公道。昨天我们铺子的西红柿卖得很快，库存已经不多了。他想这么便宜的西红柿老板肯定会要进一些的，所以他不仅带回了一个西红柿做样品，而且把那个农民也带来了，他现在正在外面等回话呢。

此时老板转向了布鲁诺，说："现在您肯定知道为什么阿诺德的薪水比您高了吧？"

彩 票

[德国] 沃尔夫冈·哈尔姆

尤利乌斯是一个画家，而且是一个很不错的画家。他画快乐的世界，因为他自己就是一个快乐的人。不过没人买他的画。因此他想起来会有点伤感，但只是一会儿。

"玩玩足球彩票吧！"他的朋友们劝他，"只花2马克便可赢很多钱！"

于是尤利乌斯花2马克买了一张彩票，并真的中了彩！他赚了50万马克。

"你瞧！"他的朋友对他说，"你多走运啊！现在你还经常画画吗？"

"我现在就只画支票上的数字！"尤利乌斯笑道。

尤利乌斯买了一幢别墅并对它进行一番装饰。他很有品位，买了许多好东西：阿富汗地毯、维也纳柜橱、佛罗伦萨小桌、迈森瓷器，还有古老的威尼斯吊灯。

尤利乌斯很满足地坐了下来，他点燃一支香烟静静地享受他的幸福。突然他感到好孤单，便想去看看朋友。他把烟往地上一扔，在原来那个石头做的画室里他经常这样做，然后他就出去了。

燃烧着的香烟躺在地上，躺在华丽的阿富汗地毯上……一个小时以后别墅变成一片火的海洋，它完全烧没了。

朋友们很快就知道这个消息，他们都来安慰尤利乌斯。

"尤利乌斯，真是不幸呀！"他们说。

"怎么不幸了？"他问。

"损失呀！尤利乌斯，你现在什么都没有了。"

"什么呀？不过是损失了2个马克。"

悠哉游哉

[德国] 亨·伯尔

在欧洲西海岸的一个码头，一个衣着寒伧的人躺在他的渔船里闭目养神。

一位穿得很时髦的游客迅速把一卷新的彩色胶卷装进照相机，准备拍下面前这美妙的景色。蔚蓝的天空、碧绿的大海、雪白的浪花、黑色的渔艇、红色的渔帽。咔嚓！再来一下，咔嚓！德国人有句俗语。好事成三。为保险起见，再来个第三下，咔嚓！这清脆但又扰人的声响，把正在闭目养神的渔夫吵醒了。他睡眼惺忪地直起身来，开始找他的烟盒。还没等找到，热情的游客已经把一盒烟递到他跟前，虽说没插到他嘴里，但已放到了他的手上。咔嚓，这第四下"咔嚓"是打火机的响声。于是，殷勤的客套也就结束了。这过分的客套带来了一种尴尬的局面。游客操着一口本地话，想与渔夫攀谈攀谈来缓和一下气氛。

"您今天准能捕到不少鱼吧？"

渔夫摇摇头。

"不过，听说今天的天气对捕鱼很有利。"

渔夫点点头。

游客激动起来了。显然，他很关注这个衣着寒伧的人的境况，对渔夫错失良机很是惋惜。

"哦，您身体不舒服？"

渔夫终于从只是点头和摇头到开腔说话了。"我的身体挺好，"他说，

"我从来没感到这么好。"他站起来，伸展了一下四肢，仿佛要显示一下自己的体魄是多么的强健。"我感到自己好极了!"

游客的表情显得愈加困惑了，他再也按捺不住心中的疑问，这疑问简直要使他的心都炸开了:

"那么，为什么您不出海呢?"

回答是干脆的:"早上我已经出过海了。"

"捕的鱼多吗?"

"不少，所以也就用不着再出海了。我的鱼篓里已经装了四只龙虾，还捕到差不多两打鲭鱼……"渔夫总算彻底打消了睡意，气氛也随之变得融洽了些。他安慰似地拍拍游客的肩膀，在他看来，游客的担忧虽说多余，却是深切的。

"这些鱼，就是明天和后天也够我吃了。"为了使游客的心情轻松些，他又说:"抽一支我的烟吧?"

"好，谢谢。"

他们把烟放在嘴里，又响起了第五下"咔嚓"。游客摇着头，坐在船帮上。他放下手中的照相机，好腾出两只手来加强他的语气。

"当然，我并不想多管闲事，"他说，"但是，试想一下，要是您今天第二次、第三次，甚至第四次出海，那您就会捕到三打、四打、五打，甚至十打的鲭鱼。您不妨想想看。"

渔夫点点头。

"要是您，"游客接着说，"要是您不光今天，而且明天，后天，对了，每逢好天都两次、三次，甚至四次出海——您知道那会怎么样?"

渔夫摇摇头。

"顶多一年，您就能买到一台发动机，两年内就可以再买一条船，用这两条船或者这条机动渔船您也就能捕到更多的鱼——有朝一日，您将会有两条机动渔船，您将会……"他兴奋得好一会儿说不出话来。"您将可以建一座小小的冷藏库，或者一座熏鱼厂，过一段时间再建一座海鱼腌制厂。您将驾驶着自己的直升飞机在空中盘旋，寻找更多的鱼群，并用无线电指挥您的机动渔船，到别人不能去的地方捕鱼。您还可以开一间鱼餐馆，用不着经过中间商就把龙虾出口到巴黎。然后……"兴奋又一次梗住了这位游客的喉咙。他摇着头，满心的惋惜把假期的愉快一扫而光。他望着那徐徐而来的海潮和水中欢跳的小鱼。"然后——"他说，但是，激动再一次使他的话噎住了。

渔夫拍着游客的脊背，就像拍着一个卡住了嗓子的孩子。"然后又怎样呢？"他轻声问道。

"然后，"游客定了一下神，"然后，您就可以悠哉游哉地坐在码头上，在阳光下闭目养神，再不就眺望那浩瀚的大海。"

"可是，现在我已经这样做了，"渔夫说，"我本来就悠哉游哉地在码头上闭目养神，只是您的'咔嚓'声打扰了我。"

显然，这位游客受到了启发，若有所思地离开了。此时，在他的心里，对这个衣着寒伧的渔夫已没有半点的同情，有的只是一点儿嫉妒了。

招考学徒

[德国] 汉斯·巴尔斯

电动机工业大厂的培训部主任梅尔瓦因师傅对学徒工具有敏锐的嗅觉，能在为数众多的应试人当中嗅出他所需要的人。他择优录取的方法简单而迅速有效。反正他总能想出一些新招来选出他所想要的人。

现在正有一批年轻小伙子等在他的门前，他们穿着厂子借给的装配工工装。弗兰茨·贝尔纳，一个十七岁的中学生就站在他们中间，他的父亲在战争中阵亡。他是唯一拿不出介绍信的人。

当他们敲梅尔瓦因先生办公室门的时候，培训部主任正坐在自己的写字台边喝咖啡。小青年们敲了半天门，得不到回信，可他们是被特意派到这儿来的。他们无可奈何，面面相觑。便又贴门倾听。毫无声息！于是弗兰茨·贝尔纳壮起胆子说道："没准他没听见，我再敲一下试试！"

其他青年耸耸肩头。他爱干就干吧！他敲敲门，屋子里传来一句恼怒的骂声。

"他说什么？"这时弗兰茨也没把握了。——"好像是说：进来吧！"另一个人答道。于是弗兰茨按动门把手，门开了一条缝。小青年们都站在门框里。

"一群老脸皮厚的东西！我说不要打扰我，你们没有耳朵？"写字台旁传来了暴跳如雷的吼声。小青年们不由自主地往后退缩一下。

"嗯，怎么不吭气？快说呀！"

弗兰茨往前跨了一步："是人家派我们来的。请你原谅。我们还以为，您是让我们进来呢。"

"噢？是派你们来的？那你们就没学会等一等？给我滚到外面去等着！你们没有看见我在忙？"

门砰地一声关上了。小青年们忿忿地议论着，坐到了一张长椅上。"老不死的！"有人还送给梅尔瓦因这样一个雅号。

好半天以后才让他们进去。这时这位凶神已显得有些人情味了。他的提问简短而精当，而回答也得这样。"你们懂得了刚才的教训了吗？"他忽然出其不意地问道。小青年们嗫嚅地嘀咕了点什么。

小青年们显得有点惶惑。"你们说呀！"

一个人答道："当然是您做得对！"

梅尔瓦因师傅的面孔深不可测。他严厉地盯住弗兰茨："你是怎么看的？"

这位青年坚定地答道："我不这么认为！"

"噢？那你的看法呢？"

"我们不是想打扰您。我们只是没听明白您的话，我们还以为您是叫我们进来呢。"

"你大概是这么想的，对么？"

"是的，我是这么想的。"

"孩子，你要记住这一点：要想，你还是让马去想吧，马的脑袋可比你的大得多！"青年的脸庞唰地一下涨得通红，他的牙齿紧紧地咬住下唇，其他的应考者笑了起来，笑声里既有一点讨好的意味，又有一点幸灾乐祸的意味。梅尔瓦因师傅仍然毫不留情地问："我说的不对？"——"不对，我决不让人禁止我思想！"

"嗨，那好，这个问题咱再谈谈。别的人都可以走了。过后你们会接到通知的。这位'思想家'还要在这儿多留一会儿！"

报考学徒工的这些人鞠了一个完美无缺的大躬。离去了。他们那放肆的笑声对贝尔纳来说意味深长，对这位经验丰富的培训部主任来说也是再清楚不过的了。

门刚刚从他们向后关上，梅尔瓦因先生就拍拍弗兰茨的肩膀："好样

儿的，孩子！好好保留着你这种坦诚的态度和刚直不阿的勇气！这对你的一生都会有用的。"

　　弗兰茨难以置信地盯着这位男子。培训部主任笑道："你被录取了！复活节后就开始来我们这儿干吧！你永远也别失去自己的勇气！"这时弗兰茨也笑了。"哦。明白了！"他神采焕发地说道。

两条路

[德国] 里克特

　　新年之夜。一位老人正伫立在窗前。他睁开那充满忧伤的眼睛，仰望墨蓝色的天空。天空中，点点繁星像浮在清澈、平静的湖面上的朵朵白荷花。他又把目光移向大地：大地上，那为数不多的比他更希望渺茫的人们，正朝着自己那必然的目的地——坟墓挪去。如果将一岁比作一站的话，在通往坟墓的道路上，他已经走过60站了。至今，他从自己的生活旅程中所获得的，除了错误和懊悔之外，别的什么也没有了。他，如今的他，身体衰弱、头脑空虚、心情凄切，尽管已值花甲之年，还是鲜舒寡适。

　　逝去了的青春岁月幻影般地浮现在他的眼前。他想起了那个庄严的时刻——他的父亲将他放在两条道路之起点的庄严时刻。两条路：一条，通向一个阳光明媚、恬静宜人的天地，那里，大地上覆盖着丰硕的果实，天空中荡漾着甜美的歌声。另一条，通向一个深远莫测的、黑乎乎的大山洞；这山洞没有出口，洞里流着的不是水而是毒液；一些大蛇在蠕动着，发出咝咝的声响。

　　他又抬起头来看了看天空，苦楚地叫道："啊，青春，你回来吧！哦，爸爸，您重新把我放在生活道路的起点吧！我会去选择那条光明之路的！"然而，他的父亲已经死去，他的青春已经流逝。

　　他看见一道道游移着的光从一片片黑暗的沼泽地上空掠过去，消失了。这些光仿佛是他那被虚度了的年华。他又看见一颗星从天空中坠落下来，在黑暗中匿迹销声。这颗星仿佛是他自身的象征。懊悔，无济于事的懊悔，像一支支利箭直射他的胸膛。接着，他想起了自己孩提时的伙伴们。他们和自己同时踏入生活；但是，由于他们走上的是劳动之路，是道德之途，值此新年之夜，他们是荣耀的、愉快的。

高高的教堂楼上的时钟响了。听见这钟声，他回想起父母亲早年对他——一个现在犯着错误的孩子——的爱抚；回想起父母亲教给他的知识，回想起他们为了他而向上帝所作的祈祷。他沉浸在羞耻和悲切之中，怎么也不敢再仰望夜空——那安息着他父亲在天之灵的夜空。泪水从他那被模糊了的眼睛里涌了出来，滴落下去。他绝望地晃动一下身子，大声地喊道："回来吧，我的青春！你回来！"

果然，他的青春真的回来了！这是因为上面这一切，都是他在新年之夜所做的梦。他还年轻；唯有梦中所提到的他的过失是真实的。他由衷地感激上帝——他还拥有时间。他还没有走进那深远莫测的、黑乎乎的大山洞。他仍然可以自由地踏上那第一条路，走向那阳光明媚、宁静宜人、硕果累累的天地。

那些今天仍然在生活的门槛前徘徊、对于生活道路的选择还犹豫不决的人们应该记住：当岁月流逝、当你发现自己的脚步已蹒跚在那通向山洞的黑暗的山路上的时候，你将会痛苦而又枉然的呼叫："啊，青春，你回来吧！啊，还我青春！"

耐心等待

[德国] 亨利希·施颇尔

　　忽然他面前出现了一个侏儒。"我知道，你为什么闷闷不乐。"侏儒说，"拿着这钮扣，把它缝在衣服上。你要遇着不得不等待的时候，只消将这钮扣向右一转，你就能跳过时间，要多远有多远。"这倒合小伙子的胃口。

　　他握着钮扣，试着一转：啊，情人已出现在眼前，还朝他笑送秋波呢！真棒哎，他心里想，要是现在就举行婚礼，那就更棒了。他又转了一下：隆重的婚礼，丰盛的酒席，他和情人并肩而坐，周围管乐齐鸣，悠扬动人。他抬起头，盯着妻子的眸子。又想，现在要只有我俩该多好！他悄悄转了一下钮扣：立时夜阑人静……他心中的愿望层出不穷：我们应有座房子。他转动着钮扣：夏天和房子一下子飞到他眼前，房子宽敞明亮，迎接主人。我们还缺几个孩子，他又迫不及待，使劲转了一下钮扣：日月如梭，顿时已儿女成群。他站在窗前，眺望葡萄园，真遗憾，它尚未果实累累。偷转钮扣，飞越时间。生命就这样从他身边急驶而过。还没来得及思索后果，他已老态龙钟，衰卧病榻。至此，他再也没有要为之而转动钮扣的事了。回首往日，他不胜追悔自己的性急失算：我不愿等待，一味追求满足，恰如馋嘴的人偷吃蛋糕里的葡萄干一样。眼下，因为生命已风烛残年，他才醒悟：即使等待，在生活中亦有其意义，唯其有愿望的满足才更令人高兴。他多么想将时间往回转一点啊！他握着钮扣，浑身颤抖，试着向左一转，扣子猛地一动，他从梦中醒来，睁开眼，见自己还在那生机勃勃的树下等着可爱的情人，然而现在他已学会了等待。一切焦躁不安已烟消云散。他平心静气地看着蔚蓝的天空，听着悦耳的鸟语，逗着草丛里的甲虫，他以等待为乐。

蚂蚁人生

[法国] 威尔伦

　　鳏夫布奇今年90岁了，而且看样子，他至少还有20个年头好活。

　　布奇从来不谈论自己的长寿之道。这也难怪，他平时就是个寡言少语的人嘛！

　　布奇虽然不爱说话，却很乐于帮助别人。这一点使他赢得了不少莫逆之交。据他的朋友说，他母亲生他时难产死了。5岁那年，他家乡闹水灾，大水一直漫到天边。他坐在一块木板上，他的父亲和几个哥哥扶着木板在水里游着。他眼看着一个个浪头卷走他的生命之舟旁的几个哥哥，当他看到陆地的时候，父亲的力气也用完了。他是全家唯一的幸存者。他活泼的眼神从此变得呆滞了，他的眼前似乎总是弥漫着一片茫茫大水。

　　布奇结了婚，美丽的妻子为他生了五个可爱的孩子。三个男孩，两个女孩。他渐渐忘记了过去的痛苦，成了世界上最幸福的人。他们全家出去郊游，布奇雇了一辆汽车，可是汽车不够宽敞，他只好骑着自行车兴致勃勃地跟在后面。这时车祸发生了。那一瞬间，他的眼神又变得像木头一样呆滞。布奇又成了孤身一人。

　　此后，鳏夫布奇再也没结过婚。他当过兵，出过海。他没日没夜地跟苦难的朋友们待在一起，倾尽全力帮别人的忙，也经历了数不清的大风大浪。然而，死神逼近的时候，老像没看见他似的，总是拥抱别的灵魂。

　　90岁的布奇不知什么时候站在我们身后，他苍凉的声音像远古时期的洪流冲击着每一个人：

"一窝蚂蚁抱成足球那么大的一团，漂浮在离我 10 米远近的水面上。每一秒钟都有蚂蚁被洪水冲出这个球。当这窝蚂蚁跟 5 岁的我一起登上陆地时，它们竟还有网球那般大小。"

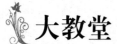

大教堂

[法国] 安德烈·莫鲁瓦

    1811 年上，圣奥诺雷街一家画店的橱窗前，站着一名大学生。橱窗里陈列着一幅马奈的油画。名叫《夏特尔大教堂》。那时候欣赏马奈的人可谓寥寥无几，倒是这位过路学生独具慧眼。他看到画面之美，为之心醉神往。过了几天，他又特地跑来观赏。临了，他鼓足勇气迈进店门，想打听一下价钱。

    "老实说，"画商道，"这幅画在这里已放好久了。您肯出两千法郎，画就算您的了。"

    大学生一时拿不出这么多钱，他虽然出身内地，倒还不是贫寒人家。他来巴黎上学之前，有个叔叔对他说过："青年人的那套生活，我全清楚。急需钱用时，给我来信吧。"他要求老板保留一周，不要将画卖掉，自己当即给叔叔写了一封信去。

    这小伙子当时在巴黎轧着一个情妇。她因为嫁了一个比自己年龄大的男人，禁不住闺中寂寞。人虽有点粗俗，且很傻气，但生得倒也水秀。就在大学生打听（大教堂）售价的那天晚上，她跟他说：

    "从前同宿舍的一个女友明天要从土伦来看我。我丈夫没功夫陪我们出去，我就指望您了。"

    第二天，这位女友来时，又有另一位女友陪着。于是乎大学生只得陪着三个女子游逛巴黎，前后玩了几天。下馆子，乘马车，上戏院，全是他做东道主，一个月的经费很快便花光了，只好向同学开口。他正开始发愁的时候，叔父的信寄到了。信中附着两千法郎汇款。这下他真是如释重负，马上还掉欠款，又给情妇买了一件礼物。那幅《大教堂》给一位收藏家买走了，许久以后，连同别的画一起，馈赠给了卢浮宫博物馆。

如今这位大学生已经成了著名的老作家。但他仍保持一颗青春的心。看到一幅风景画或好看的女子，他依然会情不由己，驻足流连。他从家中出来，在街上往往遇见一个上了年纪的邻妇。这位人人就是他昔日的相好。老妇脸上脂肪多得已面貌全非。过去那么眉目清秀，现在眼睛下面垂着肉囊，嘴唇上还有灰茸茸的短毛。她步履艰难，可以想见脚力的软弱。作家看见了就打个招呼，脚步连停也不停，因为他知道她为人卑下，不愿想起昔日相爱的那段往事。

他有时去卢浮宫，上楼径往陈列《大教堂》的展厅走去。他对着画看了又看，不禁喟然长叹。

小 丑

［俄国］屠格涅夫

世间曾有一个小丑。

他长时间都过着很快乐的生活；但渐渐地有些流言传到了他的耳朵里，说他到处被公认为是个极其愚蠢的，非常鄙俗的家伙。

小丑窘住了，开始忧郁地想：怎样才能制止那些讨厌的流言呢？

一个突然的想法，终于使他愚蠢脑袋瓜开了窍。于是他一点也不拖延，把自己的想法付诸实施。

他在街上碰见了一个熟人——接着，那熟人夸奖起一位著名的色彩画家……

"得了吧！"小丑提高声音说道，"这位色彩画家早已被认为不行啦！您还不知道这个吗？我真没想到您会这样……您是个落后的人啦。"

熟人感到吃惊，并立刻同意了小丑的说法。

"今天我读完了一本多么好的书啊！"另一个熟人告诉他说。

"得了吧！"小丑提高声音说道，"某君明明是个下流东西！他掠夺过所有的亲戚的东西。谁还不知道这个呢？您是个落后的人啦！"

第三个熟人同样感到吃惊，也同意了小丑的说法，并且不再同那个朋友来往。总之，人们在小丑面前无论赞扬谁和赞扬什么，他都一个劲儿地驳斥。

只是有时候，他还以责备的口气补充说道："您至今还相信权威吗？"

"好一个坏心肠的人！一个好毒辣的家伙！"他的熟人们开始谈论起

小丑了，"不过，他的脑袋多么不简单！"

"他的舌头也不简单！"另一些人又补充道，"哦，他简直是个天才！"

末了，一家报纸的出版人，请小丑到他那儿去主持一个评论专栏。于是，小丑开始批判一切事和一切人，一点也没有改变自己的手法和自己趾高气扬的神态，现在，他——曾经大喊大叫反对过权威的人——自己也成了一个权威了，而年轻人正在崇拜他，而且害怕他。

他们，可怜的年轻人，该怎么办呢？虽然一般地说，不应该崇拜……可是，在这儿，你试试不再去崇拜吧——你就将掉到落后的人们中去！

在胆小的人们中间，小丑们是能很好地生活的。

邻 居

[俄国] 邦达列夫

　　两位退休的老头儿在一栋楼里分到了一套两居室的住房。他们不谋而合地在同一个时间搬了家，就在新居的楼梯平台上相互作了自我介绍，心里感到非常满意，因为他们从前都是孤身一人，没有亲友，从今以后有人朝夕相伴，就不会寂寞地度过迟暮之年了。

　　于是，两人决定先安置好家具，然后按照老年人的习惯来共庆乔迁之喜。他们在附近的食品店买了瓶红葡萄酒、一瓶矿泉水和一些简单的小菜。两个老头儿坐在散发着油漆气味的厨房的餐桌旁边，喝完了第一杯，又干了第二杯，这时才开始仔细地打量对方，接着两人惊呆了，默默无言地坐着，过了一会儿，突然都哭了起来。

　　一个老头儿以前是法院侦查员，而另一个老头是他审讯的对象，后来被判了刑，过了多年的囚禁生活。

白菜汤

[俄国] 屠格涅夫

一个农家的寡妇死掉了她的独子，这个20岁的青年是全村庄里最好的工人。

农妇的不幸遭遇被地主太太知道了。太太便在那儿子下葬的那一天去探问他的母亲。

那母亲在家里。

她站在小屋的中央，在一张桌子前面，伸着右手，不慌不忙地从一只漆黑的锅底舀起稀薄的白菜汤来，一调羹一调羹地吞下肚里去，她的左手无力地垂在腰间。

她的脸颊很消瘦，颜色也阴暗，眼睛红肿着。……然而她的身子却挺得笔直，像在教堂里一样。

"呵，天呀！"太太想道，"她在这种时候还能够吃东西！……她们这种人真是心肠硬，全都是一样！"

这时候太太记起来了：几年前她死掉了9岁的小女儿以后，她很悲痛，她不肯住到彼得堡郊外美丽的别墅去，她宁愿在城里度过整个夏天。然而这个女人却还继续在喝她的白菜汤。

太太到底忍不住了。"达地安娜，"她说，"啊呀，你真叫我吃惊！难道你真的不喜欢你儿子吗？你怎么还有这样好的胃口？你怎么还能够喝这白菜汤？"

"我的瓦西亚死了，"妇人安静地说，悲哀的眼泪又沿着她憔悴的脸

颊流下来，"自然我的日子也完了，我活活地给人把心挖了去。然而汤是不该糟蹋的，里面放有盐呢。"

　太太只是耸了耸肩，就走开了。在她看来，盐是不值钱的东西。

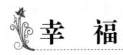

幸　福

[俄国] 亚·伊·库普林

一个伟大的国王命令他国家里所有的诗人和智者都到他跟前来。他问他们：

"什么是幸福？"

"幸福是，"第一个急忙回答，"能一直看见您那非凡的脸上闪烁着的光辉和永远感到……"

"把他的眼睛挖掉，"国王漠然地说，"下一个！"

"幸福就是行使权力。您作为国王是幸福的！"第二个高声叫喊道。

但国王苦笑着回答：

"可是痔疮使我很痛苦，我无法行使权力治好它。割去他的鼻子，这坏蛋，下一个！"

"幸福是拥有财富。"第三个结结巴巴地说。

但国王回答说：

"我很富有，可我仍然要问这个问题。一块跟你脑袋一般重的金锭能使你满足吗？"

"噢，陛下！"

"你将得到它。拿一块像他脑袋一样重的金锭系在他的脖子上，然后把这个乞丐抛到海里去！"

国王不耐烦地喊道：

"第四个！"

这时，一个衣衫褴褛、眼睛滴溜溜转的人，肚子贴着地爬过来喃喃地说：

"啊，大智大慧的人！我的需要不多。我饿了。给我吃个饱，我就幸福了。我将在整个宇宙里歌颂您。"

"喂饱他，"国王厌恶地说，"等他胀死了来告诉我。"

接着又上来两个人。一个是大力士，肤色红润，前额低窄。他叹了一口气说：

"幸福在于创作。"

另一个是脸色苍白，身材消瘦的诗人，面颊上有着点点红斑。他说：

"幸福在于健康。"

国王伤感地说：

"如果我有权力将你们的命运加以改变的话，你这位诗人，一个月后将会向诸神乞求灵感；你这个赫克里斯般的人物，就会到医生那儿乞求减轻体重的药丸。平安地去吧。还有谁？"

"幸福就是死亡！"戴着水仙花冠的第七个人骄傲地说，"幸福是不存在的！"

"砍去他的脑袋！"国王懒洋洋地说。

"陛下，陛下，开恩！"死囚嘟哝着，脸色变得比水仙花瓣还要白。"我要说的不是这个意思。"国王厌倦地挥了挥手，打了个哈欠，简短地说：

"把他拉下去，砍掉他的脑袋。"国王的话像玛瑙一样硬。

又来许多人。其中一个只说出了下面几个字：

"女人的爱情！"

"很好。"国王同意道，"从我国内挑选一百名漂亮的女人和姑娘给他。同时给他一杯毒药。到时候就来告诉我，我将去看看他的尸体。"

还有一个人说：

"幸福在于能立刻满足我的每一个愿望。"

"你现在需要什么？"国王狡黠地问。

"我？"

"是啊，你。"

"陛下，这问题提得太突然了。"

"把他活埋了。啊，又来了一个聪明人？唔，唔，走近一点……也许你知道什么是幸福？"

这个聪明人——他是一个真正的智者——回答道：

"幸福在人的思维魅力里。"

国王的眉毛颤动了一下，他怒吼起来：

"啊！人的思维！什么是人的思维？"

这个聪明人——因为他是一个真正的智者——只是怜悯地微微一笑，并不回答。

国王下令把他关进地牢，那里永远一片黑暗。听不见外面的任何声音。一年后，当人们把这个囚犯带到国王面前时，他已变得又盲又聋，双腿几乎站不住了。国王问他："怎么样？你现在感到幸福吗？"

聪明人心平气和地答道：

"是的，我是幸福的。在牢里，我是国王，是富翁，是穷人，是饱汉，也是饿汉，这一切都是思维赐给我的。"

"那么思维是什么？"国王不耐烦地大声叫道，"记住，五分钟后我要把你吊死，还要往你那可恶的脸上吐唾沫，到那时你的思维能为你消灾解忧吗？还有你在地球上滥用过的那些思维将会在哪里安身？"

聪明人心平气和地答道，因为他是一个真正的智者：

"傻瓜！思维是永存的。"

关于斑马的寓言

［前苏联］ 弗拉索夫

　　从前有一匹斑马，它对谁也没有做过一点坏事，它从来也不会做坏事，可能就因为这一点，它被捉住，送进了动物园。

　　那时有两个雄辩家。他们好像就是为了辩论、辩论，最终还是辩论而降生在世的。他俩常常争论得声嘶力竭，神志不清。辩论什么题目并不重要，主要是能争论起来就好。他们在自己的这门艺术领域里已达到了登峰造极的水平。你们可能也见到过这样的人吧，遗憾的是，这样的人现在还孳生了不少呢……

　　有这么一天，在动物园的斑马栏前，这两位雄辩家遇到了一起。

　　"不管怎么说，斑马是黑的。"头一个人装着无意地开了腔。

　　"哪怕考虑到地轴的倾斜度和我们站着的这块地方的地理坐标的位置，它也不会是黑的，就是说，"第二个人以胜利者的姿态讪笑着，同时以不屑的神气望望第一个人说，"就是说，它是白的。"

　　"黑的，就是因为……它是黑的。"头一个反驳着对方，并为自己论据的简洁感到一种自我陶醉。

　　"如果它是黑的，那么除非我的眼睛瞎了，我的朋友，若不就是您在讥笑我。"

　　"我的朋友，您怎么能把我想成这样的人呢？"他开始对第二个人感到气愤，"我是想追求真理，我的目的就是追求真理！"

　　他们就这样无休止地争论着。周围开始集拢人群。当人们听到第一个人滔滔不绝的雄辩之词时，觉得他是对的，斑马确实是黑色的；然而当第二个人结束他那热烈的、令人信服的发言时，所有的人又都同意了第二个人的观点，有些人还大喊起来："乌拉！我们到底找到了真理，斑马是白的。"

这个场面一直延续到铃响了，公园要关门了，两位雄辩家才一面继续争论，一面向出口走去（后边簇拥着人群）。斑马栏前只留下一个人。他是个聋子，没听到铃声。他也没听到整个下午两位杰出的雄辩家关于这只动物的争论，所以也没弄明白，为什么刚才在这里的那群人如此激动。

这个人又在那里站了很久，欣赏这匹漂亮的带条形斑纹的动物……

瞬　间

[前苏联] 邦达列夫

她紧紧依偎着他，说道：

"天啊，青春消逝得有多快……我们可曾相爱还是从未有过爱情，这一切怎么能忘记呢？从咱俩初次相见至今有多少年了——是过了一小时，还是过了一辈子？"

灯熄了，窗外一片漆黑，大街上那低沉的嘈杂声正在渐渐地平静下来。闹钟在柔和的夜色中滴答滴答地响个不停，钟已上弦，闹钟拨到了早晨6点半（这些他都知道），一切依然如故。眼前的黑暗必将被明日的晨曦所代替，跟平日一样，起床、洗脸、做操、吃早饭、上班工作……

突然，他有一种奇怪的感觉，似乎这脱离人的意识而日夜运转的时间车轮停止了转动，他仿佛飘飘忽忽地离开了家门，滑进了一个无底的深渊。那儿既无白昼，也无夜晚，更无光亮，一切都毋须记忆。他觉得自己已变成了一个失去躯体的影子，一个看不见、摸不着的隐身人，没有身长和外形，没有过去和现在。没有经历、欲望、夙愿、恐惧，也不知道自己已经活了多少年。

刹那间他的一生被浓缩了，结束了。

他不能追忆流逝的岁月、发生的往事、实现的愿望，不能回溯青春、爱情、生儿育女以及体魄健壮带来的欢乐（过去的日子突然烟消云散，无踪无影），他不能憧憬未来——一粒在浩瀚的宇宙中孤零零的、注定要消失在黑魆魆的空间沙土是否也有同样的感受呢？

然而，这毕竟不是一粒沙土的瞬间，而是一个上了年纪的人在他心衰力竭的刹那间的感觉。由于他领会到并且体验了老年和孤寂向他启开大门时的痛苦，一股难以忍受的怜悯之情油然而生，他怜悯自己，怜悯这个他深深爱恋的女人。他们朝夕相处，分享人生的悲欢，没有她，他不可能设想自己将如何生活。他想到，妻子一向沉着稳重，居然也叹息光阴似箭，看来失去的一切不仅仅是与他一人有关。

　　他用冰冷的嘴唇亲吻了她，轻轻地说了一句："晚安，亲爱的。"

　　他闭眼躺着，轻声地呼吸着，他感到可怕。那通向暮年深渊的大门敞开的一瞬间，他想起了死亡来临的时刻——而他的失去对青春记忆的灵魂也就将无家可归，飘泊他乡。

犹大的面孔

[意大利] 达·芬奇

几世纪前，一位大画家为西西里城里一座大教堂画幅壁画，画的是耶稣的传记。他费了好几年工夫，壁画差不多都已画好，就只剩下两个最重要的人物：儿时的基督和出卖耶稣的犹大。

有一天，他在老城区里散步，看见几个孩童在街上玩耍，其中有一个男孩，他的面貌触动了这位大画家的心，就像天使，正是他所需要写生的面庞。

那小孩被画家带回了家，日复一日，画家终于把圣婴的脸画好了。

但是这位画家仍然找不到可以充当犹大的模特儿。一年又一年过去了，这幅杰作没有完成的情形，传遍遐迩。许多人替他充当犹大的模特儿，但都不是老画家心中的犹大：不务正业、利欲熏心、意志薄弱的人。

一天下午，老画家照常到酒店喝酒，正当自斟自酌的时候，一个形容憔悴、衣衫褴褛的人摇摇晃晃地走了进来，一跨进门槛，就倒在地上，"酒、酒、酒"，他乞讨叫嚷。老画家把他搀了起来，一看他的脸，不禁大吃一惊。这副嘴脸仿佛雕镂着人间所有的罪恶。

老画家兴奋已极，犹大的模特儿终于找到了，于是老画家如醉如狂地一连画了好几天。

工作正在进行的时候，那个模特儿竟起了变化。他以前总是神智不清，没精打采的，现在却神色紧张，样子十分古怪。充血的眼睛惊惶地注视着自己的画像。有一天，老画家觉察到他这样激动的神情，就停了下来，对他说："老弟，你有什么事这样难过？我可以帮你的忙。"

那个模特儿低下头，手捧住脸，哽咽起来了。过了很久，他才抬头望着老画家说："您难道不记得我了吗？多年以前，我就是您画圣婴的模特儿。"

梦

[意大利] 帕里塞

大鼻子彼耶罗是个银行经理，一天夜里他做了个梦：他在卧室床头柜的抽屉里寻找一支旧自来水钢笔，那是一支他在初中时用过的欧洛牌金笔，他越找越着急，索性把抽屉里的东西都倒了出来，但还是没有找到，尽管他肯定多少年以来。它一直是放在那儿的。找不到那支笔，他像孩子似的绝望和痛苦，几乎都要哭出来了。那支笔不知怎么会找不到。他明明记得是放在床头柜的抽屉里，而且，他几乎天天都得看它一眼，好让自己能时时地想起它是什么时候又是怎样开始进入他的生活，而且成为他的了，可它怎么会不见了呢？

没有做这个梦之前，就在白天，他明明看见放在小盒里的这支钢笔，就在抽屉里一大叠放得整整齐齐的手绢和换洗衣服的旁边。白天。每当他看着这支笔时，他少年时代的一幕幕情景就像电影似的展现在他跟前，他的目光盯着文具店的玻璃橱窗：那支钢笔与其他的几支笔放在一起，一根橡皮圈把它固定在紫红色丝绒作衬垫的小盒子里，笔杆是用蓝白相间的电木制作的，深蓝色的底上配有孔雀石的各色花纹，非常好看，那上面的纹路令人想到珍珠母。在很长一段时间里，他一边看着那支笔，一边想着他自己要是有那支笔该多好。直到有一天，他在外祖父的陪伴下，像往常多次发生过的那样，站在文具店玻璃窗跟前欣赏那支笔，怯生生地流露出羡慕的神情。似乎世上只有他才会那样胆怯似的。这是一瞬间发生的事。外祖父是贵族的后裔，是个大财主，他那又肥又大的鼻子跟他的孙子一模一样，但上了岁数的人鼻子上青筋暴露，毛孔显得特大，老人充满柔情的双眼闪出一道共鸣的目光：

"你真的那么喜欢这支笔吗？"

"是的，我很喜欢，"彼耶罗说道。当时他说话的声调是一生中不曾有过的，除了在结婚那天有过那样的声调以外，他是第一次用这样的声调说话，外祖父几乎不是听见他说的那句"是的"，而像是感到濒于死亡的人的一种喘息，一种嘶哑的喊叫。

老人穿着海狸皮袄，手里拿着黑色礼帽，他们走进了文具店：那天是1944年1月22日，文具店坐落在威尼斯城阴暗而又弥漫着烟雾的一条小巷子里，靠着一家油炸食品店。空中飘落着什么东西，不知是雨丝还是灰尘。或许是烟筒里冒出来的煤烟微粒，或许是下午降雾。彼耶罗不懂当时要发生的事。那时他正处在人们称之为似懂非懂的朦胧的少年时代。

彼耶罗手里拿着那支仔细察看过的笔，听见他们说了声"18K"，没听到钢笔的价格。文具店老板从他手里把笔拿了过去灌上蓝黑墨水：笔尖被浸在截棱锥形的佩利康牌的墨水瓶里，彼耶罗听见钢笔橡皮管的吸墨水声。随后，文具店老板就把那支笔装在假鳄鱼皮制作的硬纸笔盒中。从文具店出来后，彼耶罗吻了一下外祖父，他那肥大的鼻子碰在老人那特大的鼻子上：他们长得很相像，那乃是一种至亲的关系。

随着岁月的流逝，1944年1月22日那天在脑海里逐渐消逝了。几乎快过去40个年头了，我还记得当时一声枪响，三个德国警察步履艰难地消失在小巷的浓雾之中。而今，那烟筒里喷出的煤烟微粒，以及那潮湿的石板路面，重又浮现在梦中。

对彼耶罗来说，那天标志着他一生中最幸福的时刻，他的一生都是在战争中和战后时期度过的。那支自来水钢笔陪伴着他来到学校，与他共同完成了所有的课程、学业：拉丁文、希腊文，他简直成了普鲁塔尔科了。那支笔还随同他去外祖父住的乡下，在一间用炉子取暖的小屋子里，里面有一张床，一张桌子，一本盖奥尔盖斯。当他听见机枪对着一位英国战俘扫射的声音（或许是爆炸声？）时，彼耶罗的上衣口袋里就装着那支自来水笔。那个英国人是浅黄色的头发，脸色苍白，衣衫褴褛，脸朝着别墅的围墙。彼耶罗想，要是他处在那个英国人的位置上，那么，他的那支钢笔就会被打得粉碎了。

一生中最幸福的少年时代慢慢地（令彼耶罗不知不觉地）消逝了。过了 1945 年，1946 年。1947 年，这就完了，似乎他的整个生活到那时就结束了。在那些无忧无虑的岁月里，彼耶罗一直生活在农村里，那时他吮吸到的是乡村的气息，看到的是威尼斯小巷中滴着烟油的烟筒感受到冬天的寒冷。体验了农民的生活。他跟外祖父一起生活、播种、收获，那里还有马厩，到处是粪尿的臭味，尤其令人难忘的是采葡萄季节和萄葡酒的醇香味。那时，彼耶罗行走在浓雾笼罩的乡间泥土路上，心情是那么舒畅，那里处处有野生的杨柳，不时地看到臭味扑鼻的野狗追扑那想侥幸逃脱的猫头鹰，经过乡间小屋时，还不时地闻到玉米糊的香味和猪的膜臭味。

威尼斯初夏的海滨是十分美丽的，那时沐浴海水的人寥寥无几，即使是去那里，彼耶罗也带着他那支自来水笔，尽管没用。一个人的生命实质上总是在幸福的年华中度过的，因为那些不幸的年华从某种意义上来看近似死亡。彼耶罗度过了 5 年幸福的少年时代，那些少年的花季岁月还寄在自来水笔之中。因而，他梦见那支笔丢失了，在他看来太不可思议了，因为钢笔丢失了，就意味着他的生命消逝了，那么也就是说，他即将面临死亡，或者可以说已经死了。所以他才会做这令人痛苦的梦。

深信这一点的彼耶多，绝望地哭泣着醒来了。躺在他身边的妻子睡得正甜呢。她身体健壮，她从来不做噩梦。隔壁房间里睡着两个儿子，他很爱他们。儿子们在生活中也没有烦恼和不安，他们都生活得很好的。他的确爱这些活着的人，但他们与他截然不同，他们没有他那样的大鼻子，也没有他那样的自来水钢笔，他们没体验过炉子的烟筒滴烟油的生活，与他生活过的年代的人不一样。现在，他觉得他们与他的差距是那么大，那么遥远，他们与他所经历过的 5 年花季岁月，与他的生活是那样地格格不入。那蓝底白条的欧洛牌金笔与 18K 金笔尖跟他们有何相干？那墨水瓶和各色各样的墨水瓶，还有普鲁塔尔科与他们有何相干？毫不相干。再往后，再往后，一切都在以后发生了。要是那支钢笔不再在床头柜里的话，那以后发生过的一切也就不存在了。

　　他从床上起来，他妻子半眯缝着那珐琅般明亮的天蓝色的眼睛，埋怨地哼了一下，彼耶罗没听见，在绝望中他是什么也听不见的。他冲到床头柜跟前，像在梦中似的急忙打开了第二个抽屉，往左边角落看了看，那支自来水钢笔就与几块手绢和换洗的衣服放在一起，蓝白相间（五彩的杂色已发白，贝母色也发黄了）的自来水钢笔在那里，这不仅证明了他还活着，也证明了他曾有过 5 年幸福的花季。彼耶罗戴上眼镜，把笔捏在两个手指中间，把笔帽摘下，看了看笔尖，上面有几道墨水污痕，他在笔上吻了两三下，深更半夜，他又是哭、又是笑。然后，他套上笔帽，把它放回原处。他手里拿着小记事本走到厨房里去，就像他祖父一样，每天在银行在他的那个记事小本上记着一些日常琐事。他在上面写道："1979 年 7 月 17 日夜里，梦见找不到祖父送的那支欧洛牌金笔。心里痛苦之极，以为自己肯定要死了。我马上到床头柜里去找，找到笔后，我吻了它。金笔还在，没丢，亲爱的笔。"

　　他回去睡觉，像平时一样，他很快就入睡了，没做梦。早晨，他像每天一样步行去银行，心情像往常一样好。除了喝杯咖啡以外，他还津津有味地吃了块甜点心。点心涨价了：一块要 250 里拉。

虚度的时光

［意大利］迪·布扎蒂

　　埃斯特·卡西拉买了一幢豪华的别墅。此后，他每天下班回来，总看见有个人从他花园里扛走一只箱子，装上卡车拉走。

　　他还来不及叫喊，那人就走了。这一天他决定开车去追。那辆卡车走得很慢，最后停在城郊的峡谷旁。

　　卡西拉下车后，发现陌生人把箱子卸下来扔进了山谷。山谷里已经堆满了箱子，规格式样都差不多。

　　他走过去问："刚才我看见您从我家扛走一只箱子，箱子里装的是什么？这一堆箱子又是干什么用的？"

　　那人打量他一眼，微微一笑说："您家还有许多箱子要运走，您不知道？这些箱子中都有您虚度的日子。"

　　"什么日子？"

　　"您虚度的日子。"

　　"我虚度的日子。"

　　"对。您白白浪费掉的时光、虚度的年华。您曾盼望美好的时光，但美好时光到来后，您又干了些什么呢？您过来瞧瞧，它们个个完美无缺，根本没有用过。不过现在……"

　　卡西拉走过来，顺手打开了一个箱子。

　　箱子里有一条暮秋时节的道路。他的未婚妻格拉兹正在那里慢慢走着。

他打开第二个箱子，里面是一间病房。他弟弟约苏躺在病床上在等他归去。

他打开第三只箱子，原来是他那所老房子。他那条忠实的狗杜克卧在栅栏门口等他。它等了他两年了，已经骨瘦如柴。

卡西拉感到心口被什么东西夹了一下，绞痛起来。陌生人像审判官一样，一动不动地站在一旁。

卡西拉说："先生，请您让我取回这三只箱子吧，我求求您。起码还给我三天吧。我有钱，您要多少都行。"

陌生人做了个根本不可能的手势，意思是说，太迟了，已无法挽回，说罢，那人和箱子一起消失了。

夜幕悄悄降临，把大地笼罩在黑暗之中。

劳动者

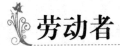

［西班牙］ 阿索林

　　我要用很少的几行来写一个可怜人的故事，这位可怜人的第一个特点，就是他没有名字。有的人称呼他的时候说"一个人"，有的是说"那家伙"，又有人则亲热地叫他"叔叔"。可是这位可怜人并不是谁的"叔叔"，至于"一个人"，这世界上是有很多的，而至于"那家伙"呢，全地球的人都可以说是"那家伙"。这一切都可以使读者知道，这位可怜人什么都不是，他没有一点声响，他死了也没有人轻视他，他甚至连名字都没有。

　　现在，让我们看他的住所吧。这人住在乡间。他的家离城很远。他的房子是十分小、十分简陋。它有四面土墙，一张床，几把椅子，一张桌子和一两个烹调的锅子。房子后面有一个小院子。这在过惯了安适生活的读者们也许觉得冷硬，不舒服，残酷；但是那位可怜人却觉得这是既不好又不坏，他只是漠不关心地活着，也不想有别的东西。

　　这位可怜人的生活是很简单的：在日出以前起来，他在日落后两三小时后睡觉，在这中间，他到田地里去，他劳动，他掘地，他修树，他锄草，他施肥，他割麦，他收获，他打麦，他种葡萄和橄榄。他耕种他自己所有的两三片地。他不能磨橄榄以取油，因为他没有磨，他不能榨葡萄，因为他没有榨床。他把他的橄榄和葡萄卖给那些投机商，照了他们愿给的价。这位可怜人的饮食是很疏淡的：他只是吃蔬果，吃蕃薯，吃乡下做的面包，吃葱，吃蒜，一年至多吃两三次肉；一把核桃或杏仁在他就是最美的盛馔。在工作之暇，这可怜的人便和一个与他一样的可怜人谈谈话，同时手里都编着筐子。他所谈的事，都是很俗的：他讲到天气，讲到雨，讲到风，讲到霜，讲到霰，有时他也想起他在年轻的时候遭遇的一件无关重要的事。这位可怜人只对于很少的事情有知识。他能从：云的样子猜出落雨不落雨，他大略地知道某块地或某块地能出多少谷，以及一对骡子一天能耕多少地；他可以看出一只羊是不是有病；他认识田里和山中一切的卓和一切的植物，野薄荷、山萝卜、拉芒德草、马若兰草、罗马兰草、甘菊、丹参、尤斯加姆草、油菜；他可以从它们的落羽，从它们的飞法，从它们的叫声，辨出乡间一切的鸟，鸳鸯、鹌鹑、小鸥、百灵、啄木鸟、鹊、红雀、白画眉、守林官。他的政治观念是很糊涂的，是不清楚的，他有时听到人讲到那些治理的人，但是他不知道他们是谁以及他们做什么事。他的道德观念只是：不加恶于人，尽力工作。

有时，他收获不好，或是一匹骡子死了，或是他家里一个人病了，或是他没有钱纳税，这位可怜人既不悲叹，也不咒骂，他说："呃！我们怎么办？上帝会救我们于困难。"这位可怜人微笑了，他取出他那装着污烟的小袋，做了一个烟卷，摆着两手开始抽起烟来。

这位可怜人已经老了。他的女人也是一个小的老妇人。他们有 3 个孩子，一个死在古巴的战争，还有一个，是运输工人，也死了，碎在两辆货车中间。第三个，是一个女孩，非常和气；有一天，她和她的未婚夫跑到首都去，从此便没有人再见过她。这位可怜人，有时，当他想起这一切时，便发出一声叹息，但是不久他便又高兴起来，又微笑起来，照例叫道："呃！我们有什么办法呢？上帝是这样规定的！"

这位可怜人对于将来没一点观念。将来是许多人的梦魇和苦痛。这位可怜人并不去想明天。"每天有每天的难处。"四福音里说。我们对于今天的难处还觉不够吗？如果我们去管明天，我们岂不要有两份难处吗？这位可怜人只是没有希望，没有欲望地活着。他的眼界只是群山、田野、天空。

光阴将一天一天地过去，这位可怜人也将死去，或者他的女人将

在他以前死去。如果他先死去，他的女人，就要剩下一个人了。他的女人也许将到村里去，她将贫困，她将用她的黄手向过路的人求周济。如果他的女人先死去，他也要剩下一个人，他的可爱的安命，他的可爱的乐天，仍旧不会离开他。一个叹息时时地从他的嘴唇间发出来，接着他便要喊道："呃！我们怎么办呢？愿一切都随上帝的意思。"

神魂颠倒

[西班牙] 塞拉

那天，堂·布劳利奥的心情糟透了。有好几件事情都不顺，他的脾气坏得赛过魔鬼。堂·布劳利奥一遇到不顺心的事，脾气就坏得吓人。他开始在走廊里散步，从上走到下，最后他吼了起来，口喷着白沫子，发出大声的粗鲁的诅咒，说他自己是个傻瓜，十足的傻瓜，而且，更糟糕的是，人们慢慢都知道了这一点。

堂·布劳利奥的事情总不顺当，因为，一般来说，他总琢磨出一些异想天开的点子。堂·布劳利奥是个工业家，在他的名片上印着："布劳利奥·塞沃奥内，驻各国进出口贸易公司代办"。堂·布劳利奥在撒谎，他在哪个国家也不是什么代办。

堂·布劳利奥是个资本很少的商人，他拥有的只是想象，把资本和想象混淆起来，说实在话，糟糕得很。为了在商业上取得胜利，他所需要的是：要么拥有许多资本而毫无想象，要么是想象力极其丰富而没有资本，没有任何资本。把这二者按小剂量混合在一起，常常是最要命的。堂·布劳利奥，具有缺滋少味的诗人的想象力和5000比塞塔的资本——这是从他可怜的母亲那里继承的，但愿塞沃奥内的寡妻堂娜·布劳利奥·瓦连特夫人得到安息！——他已经穷愁潦倒。确实如此。由于1918年的那场流感，他得到了这笔遗产。如果那时他开一家商店，现在大概也发财了。由于在打欧洲战争，一家拥有1000杜罗的买卖，毫无疑问，也算相当可观的了，算得上是一家巴黎式商号了。但是，不，堂·布劳利奥，也许他盯上了更高的目标，也许，由于他想入非非，当他从云端跌落时，总摔得颈骨脱臼。

堂·布劳利奥把一切都想得很大。

"我现在呀，"他对自己的朋友们说，"在准备5吨锡，由'卡门圣母'号轮船运往加拿大。我和我的好朋友恩利克开了一次会，事情就算定下来了。"

他的朋友们以前所未有的敬佩，甚至是崇拜的心情听他讲话。他的好朋友恩利克，也就是亨利·福特。

"我手头有一桩小买卖，我相信能叫我赚几个钱。我的好朋友莱昂从布鲁塞尔给我写信，我们已经有了总体规划，姑且把它叫做前期规划吧。这就是要在西班牙创建一家证券发行所。先生们，现存的垄断状况只有利于所谓的西班牙银行，难道这种现象合法吗？"

他的朋友们傻了眼、惊呆了。好家伙，乍一看，他挺不起眼，可他的好朋友莱昂，就是莱昂·罗森蔡尔德。

"你们知道吗？我接到一份我的好朋友胡安打来的电报，告诉我说，参议员打算把亚利桑那州拨给我，用来办一个大型实验农场。"

"真的吗？"

"真的。"堂·布劳利奥回答，鼻孔里喷出烟，两只眼睛傲慢地望着天花板。

在狩猎及钓鱼爱好者协会的聚会上，大家都感到万分惊奇，因为，他的朋友就是约翰·洛克菲勒。

可是，有一天，气候突然变了，天气特别热。堂·布劳利奥，谁能想得到呢？他忽然说起胡话来。他有点发烧，后来他的秃顶上长出一个小疱疹，然后他就开始说胡话了。一开头，邻居们议论着堂·布劳利奥的胡言乱语，为他找原因。

"这不新鲜，他脑子里有这么多事要操心，不发疯才怪呢。"

但后来，他们渐渐明白了，因为邻居们总会把事情弄明白的；他们清楚了，堂·布劳利奥脑袋里装的问题早就足以使他发疯，完完全全地、足足实实地使他发疯。

"可怜的堂·布劳利奥，"他们说，"不，事情已经很清楚了。身体比什么都要紧。最好当心点，哪怕少赚点钱，哪怕日子过得苦点儿呢？你不这么认为吗，老伴？"他们这样问妻子。

　　"当然，当然，身体是最要紧的。"妻子们都这样回答。

　　于是，邻居们打心眼里感到满意，因为他们已经为自己犯的天生懒惰病找到了新的论据。他们继续偷懒，仍旧溜溜逛逛。

　　"是的，确实如此。我们是过得差点儿，但是，说实在话，没有什么比身体更重要。"

一位亡者的故事

［西班牙］尤那姆诺

活在这个充满邪恶的世界时，朱安·曼索是一个单纯的、无害的人。一生中，他连一只苍蝇都不曾伤害过。儿时和小伙伴们玩骑驴游戏时，他总是扮驴。他最喜欢的格言是汉语中的"保持中庸之道"。

他讨厌政治，憎恨生意，而且避免一切可能搅乱他平静生活的事情。他收入微薄，但是花钱节俭，从不动用本金。他十分忠诚，从不与人发生矛盾。他对每个人都没有好感，但是却总是说别人的好话。

他的谦恭却奈何不了注定的死亡。灵魂离开人世，移居另一世界必须经过一个登记台。台前天使和魔鬼肩并肩地坐在一起。一位手持火红巨剑的天使正根据登记台所做的记号挑选可以进入天堂的灵魂。

登记室的入口处数以千计的灵魂你推我搡，都急于知道自己的命运。数百种语言的诅咒、哀求、辱骂及道歉声夹杂在一起，喧闹无比。见此情景，朱安·曼索自言自语道：

"谁说我非得和眼前这一切搅和在一起？这里都是一些粗野之人。"

没有人在意他在低声咕哝些什么，实际上，那个手持火红巨剑的天使压根就没有注意到他。所以，他才得以从边上溜过去，踏上通往天堂的大道。

他默默地往前走着，欢快的人群不时地擦肩而过，他们又唱又跳，欣喜若狂。在他看来，这些得到上帝恩赐的人在通往天堂的路上做这些是极不应该的。到达顶点时，他发现天堂墙外排着长长的队伍，几个天使像地球上的警察一样在维持着秩序。朱安·曼索站到队尾。

不一会儿，来了一位谦卑的教士。教士告诉朱安·曼索自己必须早些进入天堂，并诉说了一大堆哀婉动人的理由。好心的朱安·曼索只好让位于他，并自言自语："即使在天堂，交个朋友总是个好主意。"

第二个人走过来，同样的事又发生了。这么说吧，虔诚的灵魂们要出各种伎俩使朱安·曼索不断地让位，始终站在队列的末尾。他谦恭温顺的好名声一传十、十传百，并作为传统传了下来。

在朱安·曼索看来似乎过去了好几个世纪。因为排队的时间的确太长了，这个温顺的小羊羔开始失去了耐心。有一天，他终于碰见了一位明智圣洁的教士——朱安的一个兄弟的重重孙。朱安对他的重重侄孙儿诉说苦衷。教士主动提出要在上帝面前替他说情。教士进入天堂，走到上帝跟前，行了见面大礼说："主啊，请允许我为您的一个仆人求求情吧。他站在外面队列的末尾……"

"别兜圈子啦！"上帝吼道，"你是说朱安·曼索吧？"

"是的，我的主，他……"

"好了，好了！他的事让他自己去办，别管他人的闲事！"上帝接着转身对引见天使说，"下一个！"

出于同情，教士爬上墙头，对墙外队列中的朱安·曼索大声喊道："祖祖爷，我真的十分抱歉。上帝说你应该自己想办法。可是……您还排在队尾啊？快！赶快鼓起勇气，别再将位子让给别人了！"

"他到现在才告诉我！"朱安·曼索大声惊叫着，豆大的泪珠滚了下来。但是太迟了，因为朱安让位已经成了悲剧性的传统。现在人们甚至不再客气求他让位，而是干脆直接占据他的位置。

他垂头丧气地离开队列，孤独地游荡于坟墓旁的荒郊野地。后来，他见到许多沮丧的人正沿着一条路行走着。他跟随其后，发现自己来到了炼狱门口。

"进这道门可能容易些，"他思忖着，"一旦进入，他们在给我涤净之后，就会直接送我上天堂。"

"嘿！你上哪儿，我的朋友？"一位头戴学位帽的天使皱着眉从头到

脚打量他一番之后说，

"唉！你真的太老了。经过我们的程序你恐怕会熔化的。你最好还是去地狱。"

绝望中的朱安·曼索走向地狱。那里没有长队，入口很宽，里面浓烟滚滚鬼哭狼嚎。

朱安·曼索闭上了双眼，转身离开，因为他实在受不了那呛人的浓烟。

他绝望地在坟外广漠的空间游荡，像是大海中漂浮的一只软木塞。

一天，天堂里飘出的令人垂涎欲滴的香味使他不由自主地朝高墙走去，他想弄清里面究竟在烧什么好吃的东西。大约黄昏时分，他看见上帝出来享用天国花园的凉爽空气。朱安·曼索一看到上帝高贵的头，就张开双臂祈求并以十分愤怒的语调说："上帝啊！上帝！您不是允诺谦恭温顺的人可以进入天堂吗？"

"是的。但那是对有胆识有进取心的人，而不是对没种的人！"

上帝转过身去。

后来，上帝对朱安·曼索大发慈悲，使他起死回生。当他重返人间时，他开始把所有挡住他去路的人推到一边。第二次死亡时，他连推带挤冲过界线，大胆地闯进天堂。

天堂里的朱安·曼索不断重复着一句话："人活一世就得终身拼搏！"

向往乡村的鞋匠

［西班牙］布拉斯科

好事的读者可以把这个故事应用到生活的各个方面。

从前有一个鞋匠，住在自家门窗紧闭的鞋店里，所谓鞋店，不过是一间阁楼。他一边干活。一边透过仅有的一扇窗户望着太阳，也唯有这扇窗户，才给这位不幸的鞋匠师傅送来光线。

我讲的这个故事，发生在南方的某个城镇。可是普照大地的太阳，一天里只有两三个钟头的时间给穷鞋匠的家送进去一条窄窄的阳光。

可怜的鞋匠通过小窗户，遥望着蔚蓝的天空，一面做活，一面叹息，他向往着未曾见过面的大自然。

"这样的天气，能去走走该有多好啊！"他时常大声说。

当某位顾客给他送来住在对面的马车夫的一双肮脏的皮靴时，他总要问："外面的天气好吗？"

"好极了！四月艳阳天，不冷不热。"

鞋店师傅的叹息声更加深沉了，接过靴子，狠狠地往角落里一扔。说，"你们运气真好，星期六来取靴子吧。"

他试图用歌声来解闷，他不停地哼哼呀呀，一直唱到天黑下来：

向往自由。

而又得不到自由的人，

无异乎死亡，

其实他早已不复存在了。

每天他都渴望地凝视着天空，长吁短叹，直到夜幕降临。这个不幸的人倒很喜欢黑夜，因为他那悲惨的命运使他在黑夜来临之前是呼吸不到新鲜空气的。

一天，一个同楼住的主顾，带着一双要修的皮鞋，来到他的阁楼。见面以后，由鞋匠向他诉苦，说他总也见不到所渴望的乡村，那人便对他说：

"是啊，加斯帕尔。所以我认为赶驴的人是世界上最幸福的人。"

"赶驴的人？"

"对。他们来来往往，饱享着新鲜的空气，闻着芳馨的花草。他们是大自然的主人。那确实是一种最美好的工作。"

主顾走后，加斯帕尔陷入沉思，一夜没有睡着，第二天一清早就下定了决心。

"让侄子照管店里的事，我要用攒下的 50 元钱买一头驴，做一个赶驴的人。"

于是他便照着想的做了，八天后他成了一个搬运夫。

"多么好的天气啊！空气多么新鲜啊！现在才是过真正的生活，才是没有让我在那屋顶下的黑洞里枉过一生的大好时光。"加斯帕尔开始了第一次出行，他一边采撷路旁的花朵。一边放声歌唱。

他走了将近一英里，也没有见到一个人。加斯帕尔如愿以偿，成了田野里独一无二的主人。

在他拐弯的时候，突然窜出 3 个人来，大声喊道："不许动！"

一个把驴抢去骑上仓皇逃去了。第二个人抓住他，第三个人把他剥个精光，怕他追赶，又用棍子狠狠打了他 50 下，打得他浑身青一块紫一块的。要是在城里，肯定会有人听到他的呼救声，然而在这里却没人听得见。

在光天化日之下，歹徒竟敢这样胆大妄为。

他拼命地呼喊："救命啊！救命啊！我要死了！"

将近五分钟的时候，一个农夫赶着马车打这里经过，把他救起来，用毯子裹上，拉进城去，送到他家门口。

他的侄子和邻居见状大吃一惊，纷纷前来询问，但他一言不发，有许多天没有听到他讲过一句话。

有一天下午 3 点多钟的时候，楼梯上忽然传来要到乡间去旅行一趟的声音："咱们一会儿就动身。"

"多好的天气！叫表兄也一块去吧！"

加斯帕尔一个人呆在阁楼里，轻蔑地抬头望了一眼天空说："天气好！挨一顿胖揍就更妙了。"

金翅雀

[葡萄牙] 托尔加

一家 3 口人正在不声不响地吃饭，孩子突然开口说：

"我找到了一个鸟窝！"

母亲抬起头，瞪大了黑黑的眼睛。父亲像往常一样心不在焉，连听也没有听到。也许是为了回答母亲询问的目光，也许是为了引起父亲的注意，孩子又重复了一句：

"我找到了一个鸟窝！"

父亲总算抬起沉重的眼皮，也开始聚精会神地听儿子说话。

孩子高兴了，指手划脚地讲起来。他说，今天下午赶着羊回家的路上，看见一只金翅雀从一棵大白松树树冠里飞出来。他看呀，看呀，在浓密的树枝间搜寻，终于在高处一根树杈上发现有一团黑黑的东西。

母亲把儿子的话句句吸入心田，还用整个灵魂吻着可爱的宝贝。父亲则又开始吃饭了。

孩子没有在意，接着讲下去。他说，把羊拴在一棵金雀枝上，开始往松树上爬。

父亲又抬起疲倦的眼皮，和母亲一样提心吊胆地听着，几乎屏住了呼吸。

孩子一直往上爬。巨大的松树又粗又高，他那纤细的身子紧紧贴在树皮上，慢慢往上挪动，每一步都要分两次进行。先用胳膊抱住，接着两条腿尽量往上蜷，最后才停下来，四肢牢牢抓住坚硬的树皮。

用了很长时间才爬上去，中间不得不在结实的树杈上休息 3 次。现在只能靠手，因为前面都是脆弱的新枝了。

父亲和母亲都惊呆了，谁也没有吱声。就这样，两个人战战兢兢、一声不响地让儿子爬到树上、爬上树冠，用两只天真的眼睛看到鸟蛋——窝里仅有一个鸟蛋。

听到这里，父母的心脏都停止了跳动，完全忘记了儿子在什么地方，似乎还在高高的树巅，紧挨着天际，完全忘记了他脚踏在地上，无需两只胳膊小心翼翼地攀附树枝。突然，两个人看见孩子身子一斜，从高处、从松树顶上栽下来，掉在硬邦邦的地上，看来是必死无疑了。

但是，孩子无意中表明，他站在树巅，完全不曾意识到飘在空中、面临深渊的可怕，并且也没有掉下来。倒是发生了另外一件事。拿起鸟蛋以后非常高兴，情不自禁地吻了它一下。蛋壳得到了孩子嘴唇上的这点热气，突然从中间裂开了，里面露出一个还没有长羽毛的金翅雀。

说这件怪事的时候，孩子的表情天真无邪，如同复述从邻居那里听来的《出埃及记》的故事一样。

随后，他满怀怜爱地把小鸟放到毛茸茸的鸟巢里，从树上下来了。现在，他心境坦然，非常高兴——发现了一个鸟窝！

晚饭吃完了，屋里气氛严肃，谁也没有开口。后来，一家人回到暖烘烘的壁炉旁边，看着里边燃烧的橄榄木时，父亲和母亲才交谈了几句。他们的话说得晦涩难懂，孩子没有猜透。何必要知道他们说了些什么呢？他只想把那只还没有长出羽毛的小鸟的形象深深保存在记忆之中。

一个臭词儿

[保加尼亚] 兰·波西列克

  一只小熊进了荆棘丛生的灌木林而走不出来，一位樵夫路过，把它救了。

  母熊见到这件事，便说："上帝保佑您，好人。您帮了我大忙。让我们交个朋友吧，怎么样？"

  "嗯，我也不知道……"

  "为什么？"

  "怎么说呢？可不能太相信熊吧。虽然肯定地说，这并不适用于所有的熊。"

  "对人也不能太相信，"熊回答，"可这也不适用于您。"

  于是樵夫和熊便结成了朋友。两人过从甚密。

  一个夜晚，樵夫在树林里迷了路。他找不到地方睡觉，就到了熊窝。熊安排他住了一宵，还以丰盛的晚餐款待了他。翌晨，樵夫起身要走。熊吻了吻樵夫，说，"原谅我吧，兄弟，没有能好好招待您。"

  "不要担忧，熊大姐，"樵夫回答，"招待得很好，只是有一点，也是我唯一不喜欢你的地方，就是你身上的那股臭味。"

  熊听了快快不乐。她对樵夫说："拿斧子砍我的头。"

  樵夫举起斧子轻轻打了一下。

  "砍重一点！砍重一点！"熊说。樵夫便使劲砍了一下，鲜血从熊的头上迸了出来。熊没有吭一声。樵夫就走了。

若干年后，有一次，樵夫不知不觉地到了离熊窝很近的地方，就去看望熊。熊衷心地欢迎他，又以丰盛的食品来招待。告辞时，樵夫问："伤口愈合了吗？熊大姐。"

"什么伤口？"熊问。

"我打你头留下的伤口。"

"噢，那次痛了一阵子，后来就不痛了，伤口愈合后，我就忘了。不过那次您说的话，就是你用的那个词，我一辈了也忘不了。"

有什么新鲜事吗

[匈牙利] 厄尔凯尼·依斯特万

一天下午，布达佩斯公墓第 27 区 14 号墓穴上近 300 公斤的墓碑轰然一声，倾倒在地。接着墓穴豁然裂开，原来是躺在里面的哈伊杜什卡·米哈伊夫人——诺贝尔·施蒂芬妮亚（1827～1848）复活了。

尽管因为风吹雨淋，墓碑上的字迹多少有些剥落，但她丈夫的名字也还是可以看得清的。可不知道为什么，他没有复活。

因为天气不好，在公墓的人不多。但凡是听到声音的人都过来了。这时，这位少妇已经掸去身上的尘土，向人借了一把梳子正在梳头。

一位带黑纱的老太太问她："你好吗?""谢谢，很好。"哈伊杜什卡夫人说。

一位出租汽车司机问她渴不渴？

这位刚活过来的死人说，现在不想喝什么。

确实，布达佩斯的水味实在无法恭维，他也不想喝，——司机发表自己的看法。

哈伊杜什卡夫人问司机，他对布达佩斯的水为什么不满意。

因为用氯消的毒。

"用氯消的毒。"花匠阿波斯托尔·巴朗尼科夫点点头。他是在公墓门口卖花的，所以他那几种高级花只好用雨水来浇。

这时有人说，现在全世界的水都用氯消毒。

说到这里，没有人接话了。

"那么。有什么新鲜事？"少妇问。

什么新鲜事也没有，人们说。

又沉默了，这时下起雨来。

"您不怕淋冷吗？"做钓鱼竿的私营手工业者德乌契·德若问这位复活者。

不要紧，她还爱下雨天呢。

老太太说，当然，也得看下什么雨。

哈伊杜什卡夫人说，她喜欢的是夏天那种凉丝丝的雨。

但是阿波期托尔·巴朗尼科夫说，他什么雨也不喜欢，因为一下雨，公墓就没人来了。

做钓竿的私营手工业者说，他非常能理解这一点。

现在谈话停顿了好长一段时间。

"您们说点什么吧。"新复活的少妇向四周看了看说。

"说些什么？"老太太说，"没什么好说的。"

"自由战争以后什么也没发生过吗？"

"要说，也可以说一两件，"手工业者挥挥手。"但就像德国人说的那样：'比这有意思的事也不多。'"

"不错，说得对。"出租汽车司机说。好像为了招徕乘客，他回到自己的汽车那里去了。

人们沉默着。复活者看看自己刚才出来的土坑，它还没有合上。她又等了一会儿，但看来实在没有人想说话，于是就向周围的人说："再见。"然后又回到原来的土坑里去了。

做钓竿的手工业者怕她滑倒，伸手过去扶了她一把。

"祝你一切都好。"手工业者说。

"怎么了？"出租汽车司机在大门口问大家，"她莫非又爬回去了？"

"爬回去了。"老太太摇摇头。"其实我们谈得多么投机啊。"

画猫的男孩

[希腊] 赫恩

很久很久以前，在日本一个荒僻的小村庄，住着一家穷苦的农户。他们为人善良，但由于孩子多，日子过得连糊口都很困难。儿子们十几岁就得跟父亲下地干活，女孩们几乎刚会走路就得帮助母亲料理家务了。

最小的是一个男孩，由于先天不足，长得身单力薄，看样子日后难以胜任农活。但他却很聪明，比哥哥姐姐都伶俐。双亲认为他将来当一个和尚要比做农民更合适些。一天，父母领他到村中的寺院去见方丈，请求他收儿子入庙落发为僧，并希望他能传授给他僧人应当掌握的全部知识。

方丈和颜悦色地向孩子提了一些不易回答的问题，没料到他竟对答如流。方丈喜在心间，立刻应允收他为徒，并准备把他培养成为一名高僧。

这孩子的接受能力很强，而且非常听话。美中不足的是，他喜欢画猫，甚至在一些绝对不该画的地方也画。

没有人的时候，他就画猫。在经书的空白边页上画，在祭坛的屏锦上画，在墙壁上画，在柱子上画，总之无处不画。为此方丈训斥过他几次，但他都未能幡然悔改，因为他控制不住自己。人们说他有绘画天才，也正是因为如此，他才不适合当和尚的，一个虔诚的僧人是应该苦读经书的。

一天，当他又在一扇屏风上画了一些栩栩如生的猫以后，方丈郑重其事地对他说："徒儿，你得马上离开寺院了，你是绝无希望成为高僧的，不过你也许能成为一位伟大的画家。临别前我向你进一忠告，你要发誓永矢不忘，即：夜间要躲避大的地方，栖身小的地方。"

孩子不明白"躲避大的地方，栖身小的地方"这句话的涵义，他一面收拾小包裹，一面琢磨，百思不得其解，但又不敢动问。他向师父道了别，便默默地离开了寺院。

出了庙门，他就犯起愁来。不知自己该投身何处，也不知该做些什么好。要是直接回家，准会由于不守寺规遭到父亲的惩罚，所以他不敢回家。正在犹豫不决之间，他突然想起距此 12 英里远还有一个村庄，那村里也有一座庙，比这座庙还大，他听说那庙里有不少和尚，于是便下定决心到那里落脚。

谁知那座寺院已经关闭，原因是那里出现了一个妖怪，它把和尚们都给吓跑了，自己独占了那个大地方。过后也有过几个胆大的武士夜间到庙中去杀那个妖怪，但却有去无回。这些事从没人对这个孩子讲过，当然他心中毫无疑虑，甚至是满怀着能被收容接纳的心情勇往直前的。

当他到达那个村子时，已经是夜间了，村中一片漆黑，人们都在酣睡之中。那座庙在大街另一端的半山坡上，里面点着灯。据说，那个妖怪点灯是为了招徕过往行人去投宿的。孩子走到庙门前敲了几下，里面没有回音，他又敲了几下，仍不见有人出来开门。最后他试着轻轻地推了推门，出乎意料，门并没有闩，一时高兴，他就推开门走了进去。他看见殿上点着一盏灯，但没有见到和尚。

他想，一会儿就会有和尚来的，便坐下来等候。当他四下张望时，发现寺内积满了灰尘，到处都是蜘蛛网。他心中反倒暗自高兴起来，他想这里一定是人手不足，肯定会愿意收一个徒弟打扫殿堂的。不过他心中也有些疑虑：和尚们怎么能忍受得了让这神圣的地方落上这么厚的尘土呢？他虽然这样想，但有一处地方却使他高兴起来，那就是殿堂上有一些白色的大屏风，那正是作画的好地方。他一时性起，竟然不顾一路劳累，立即寻觅起能够充当画笔的东西来，找来找去总算找到了一件合适的东西，便蘸上墨水画起猫来。

他一连在屏风上画了许多猫，渐渐困得坚持不下去了，他刚要在一扇屏风前躺下睡觉，不由得想起了临行前师父的告诫：躲避大的地方，栖身小的地方。

庙堂又高又大，里面就他一个人。他心里嘀咕着这句告诫的话，尽管还不能十分明白其含义，但恐惧之感不禁油然而生。他还是第一次有这种恐惧的感觉。他决定找一个小地方睡觉。他发现旁边有一个小室，拔开拉门便进去了，然后回手把门拉严，就躺下睡了。

深夜，他被一阵极其可怕的声音惊醒了，那是一种厮打掺杂着尖叫的声音。吓得他连扒门缝往外瞧一瞧都没敢，只顾屏住呼吸，缩成一团一动不动地躺在那里。

殿上的那盏灯已经熄灭了，但是那种令人心肺俱碎的可怕声音并没有停止，甚至越来越大，把整个庙宇都震得颤动起来。过了好长一段时间那声音才平息下来，可孩子还是不敢动弹，他一直躺到朝阳的光辉通过小室的门缝照射进来。

这时他才小心翼翼地从藏身的地方走出来，他第一眼看到的是：堂前满地血迹斑斑，然后又看见一只比牛还要大的妖怪耗子的死尸，躺在地中央。

是什么人或什么东西杀死它的呢？看不见有人，也看不见有什么动物。蓦地，孩子看见了他昨晚画的那些猫的嘴都是血淋淋的。这时他恍然大悟，原来这只妖怪耗子是被他画的这些猫给咬死的。也只有这时，他才悟出为什么那位智慧的老方丈告诉他"夜间要躲避大的地方，栖身小的地方"的奥妙。

后来，这个孩子果然成为一位著名的画家，他画的猫名扬海内外。

界 河

[希腊] 安东尼斯·萨马拉基斯

命令很明确：禁止在河里洗澡！同时规定距离河岸 200 公尺为禁区。

大约 3 星期前，他们部队来到河边就停止了前进，对岸就是敌人——通常被称之为"那边的人"。

河的两岸均有大片森林。森林很茂密，林中驻扎着敌对双方的部队。

从获得的情报中得知，那边有两个营，但他们没有发动攻势。谁知道眼下他们打着什么鬼算盘？与此同时，双方的前哨分队都隐蔽在两岸的树林里，准备随时探明任何可能发动的进攻。

当他们初抵此地时，天气依然是春寒料峭。可几天前突然放晴，现在竟是明媚和煦的春天了！

第一个偷偷溜下河的是一位中士。一天早晨，他下河潜入水中。不一会儿，他爬回到自己一方的岸边，肋骨处中了两颗子弹，后来只活了几个小时。

翌日，两个下等兵下了河。没人再能见到他们，只听见一阵机关枪的哒哒声，过后便是一片沉寂。

事后，司令部就下了那道禁令。

然而，那条河依然具有不可抗拒的诱惑力。听到潺潺流水，渴望便从他们的心底里油然而生。两年半的野战生活已使他们变得蓬头垢面，邋里邋遢。在这两年半的时间里他们享受不到一丝快乐。现在他们不期发现了这条河，可司令部的命令却是……

"这该死的命令！"那晚上他忿忿然诅咒道。

夜里，他辗转反侧，难以入眠，远处，滔滔的河水声萦绕在他的耳际，令他不得一丝安宁。

对，明天他要去，他一定要去，该死的命令！

其他的士兵们正睡得很香，最后，他也渐渐进入了梦乡，他做了一个梦，一个恶梦。起先，他似乎见到它——一条河。河就在他跟前，期待着他。他站在岸边，脱光了衣服，正欲跃入水中。一瞬间那条河变成了一个女人，一个胴体黝黑、年轻健美的女人，他裸体站在她面前，并没朝她扑出，因为一只无形的手仿佛紧紧攫住了他的后背。

他醒了过来，精疲力竭，天还没有亮……

终于来到河边，他停下脚步注视着它。瞧这河！它的确存在着！一连几个小时他都在担心这只是一种想象，抑或只是他们的一种幻觉，一种普遍的错觉。

一俟他赤裸的身躯进入水中，承受了长达两年半折磨，迄今还留有两颗子弹刻下的疤痕的肉体，顿时感到变成了另一个人。无形中，宛如有一只拿着海绵的手抚过他的全身，为他抹去了这两年半里留下的一切印迹。

他时而仰游，时而侧游，任凭自己随波逐流。他还不时进行长长的潜泳。

少顷，顺流漂下的一根树干出现在他的前方。他一个长潜试图抓住树干。他果真抓住了！他恰巧就在树干边浮出水面。真是太妙了！可就在这刹那间，他发现约在30公尺开外的前方有一个人头。

他停下来，想仔细看看清楚。

对方也看到了他，也停了下来。两人面面相觑。

倏地，他一下子又恢复了原来的自我——一个经历了两年半战火洗礼的士兵。

他无法断定面对着他的那个人是否是自己的战友，抑或就是那边的人。他们惊得在水里呆若木鸡。一个喷嚏打破了平静的僵局。这是他打的喷嚏，像往常一样很响。紧接着，对方开始向对岸快速游去，但是他也分秒必争，使尽全力游向自己的岸边。他先上了岸，奔到那棵树下，一把抓起枪。还好，对方刚出水，正朝自己搁枪的地方跑去。

他举起枪，开始瞄准。对他来说，要打中对方的脑袋实在是再简单不过的了，他赤裸着身子，在约 20 米的地方奔跑，这是极易瞄准的活靶子。

不，他没有扣动扳机。那边的那个人就在对岸，恰似他从娘胎里出来一样赤条条一丝不挂。他站在这一边，也赤裸着身子。

他不能扣动扳机。两个人都是赤条条的，赤条条的两个人，一丝不挂。没名没姓，没有国籍，没有穿卡其布军装的自己。

他不能扣动扳机，此刻这条河并没能把他们隔开；相反，却把他们联合在一起了。

当对岸枪声响起时，他只是瞥见有几只鸟被惊起。他倒了下去，先是颓然跪下，随之整个身子直挺挺地扑倒在地上。

系于一发

［奥地利］ 施普林根施密特

　　我们想：让姑妈把秘密公开吧！我们虽年幼，但毕竟长大了，好歹快成年罗。有什么事不能对我们说呢。埃弗里纳姑妈真不用对我们保什么密了。就说那个圆的金首饰吧，她用一根细细的链，总是把它系在脖子上。我们猜想，这里准有什么异乎寻常的缘由，里面肯定嵌着那个她曾爱过的年轻人的小相片。也许她是白白地爱过他一阵哩。这个年轻人是谁呢？他们当时究竟怎样相爱的呢？那时情况又是如何呢？这没完没了的疑问使我们纳闷。

　　我们终于使埃弗里纳姑妈同意给我们看看那个金首饰。我们急切地望着她。她把首饰放在平展开的手上，用指甲小心翼翼地塞进缝隙，盖子猛地弹开了。

　　令人失望的是，里面没有什么相片，连一张变黄的小相片也没有，只有一根极为寻常的，结成蝴蝶结状的女人头发。难道全在这儿了吗？

　　"是的，全在这儿，"姑妈微微地笑着，"就这么一根头发，我发结上的一根普普通通的头发，可它却维系着我的命运。更确切地说，这纤细的一根头发决定了我的爱情。你们现在这些年轻人也许不理解这点，你们把自爱不当回事，不，更糟糕的是，你们压根儿没想过这么做。对你们说来，一切都是那样直截了当：来者不拒，受之坦然，草草了事。

　　"我那时19岁，他——事情关系到他——不满20岁。他确是尽善尽美，当然最重要的是，他爱我。他经常对我这样说：我该相信这一点。

至于我呢，虽然我俩间有许多话难以启口，但我是乐意相信他的。

"一天，他邀我上山旅行。我们要在他父亲狩猎用的僻静的小茅舍里过夜。我踌躇了好一阵。因为我还得编造些谎话让父母放心，不然他们说啥也不会同意我干这种事的。当时，我可是给他们好好地演了出戏，骗了他们。

"小茅舍坐落在山林中间，那儿万籁俱寂，孤零零地只有我们俩。他生了火，在灶旁忙个不歇，我帮他煮汤。饭后，我们外出，在暮色中漫步。两人慢慢地走着，无声胜有声，强烈的心声替代了言语，此时还有什么可说的呢？

"我们回到茅舍。他在小屋里给我置了张床。瞧他干起事来有多细心周到！他在厨房里给自己腾了个空位。我觉得那铺位实在不太舒服。

"我走进房里，脱衣睡下。门没上闩，钥匙就插在锁里。要不要把门闩上？这样，他就会听见闩门声，他肯定知道，我这样做是什么意思。我觉得这太幼稚可笑了。难道当真需要暗示他，我是怎么理解我们的欢聚的吗？话说到底，如果夜里他真想干些风流韵事的话，那么锁，钥匙，都无济于事，无论什么都对他无奈。对他来说，此事尤为重要，因为它涉及我俩的一辈子——命运如何全取决于他。不用我为他操心。

"在这关键时刻，我蓦地产生了一个奇妙的念头。是的，我该把自己'锁'在房里，可是，在某种程度上说，只不过是采用一种象征性的方法。我踮着脚悄悄地走到门边，从发结上扯下一根头发，把它缠在门手把和锁上，绕了好几道。只要他一触动手把，头发就会扯断。

"嗨，你们今天的年轻人呀！你们自以为聪明，聪明绝顶。但你们真的知道人生的秘密吗？这根普普通通的头发——翌日清晨，我完整无损地把它取了下来！——把我们俩强有力地连在一起了，它胜过生命中其他任何东西。一俟时机成熟，我们就结为良缘。他就是我的丈夫，多乌格拉斯。你们是认识他的，而且你们知道，他是我一生的幸福所在。这就是说，一根头发虽纤细，但它维系着我的整个命运。"

法律门前

[奥地利] 卡夫卡

  法律门前站着一个守门人。一个从乡下来到这儿的人要求进去。但是守门人现在不能让他进去。乡下人想了一下问道："那么以后能进去吗？"守门人说："可能吧！但是现在不行！"

  因为通往法律的大门是敞开着的，而守门人又站到一旁去了。于是从乡下来的这个人就弯下腰来。想看看里面到底是什么样子。守门人看到他这么做，笑了。他说："如果这事对你有这么大的诱惑力，那你尽可以不管我的禁令，进去看看。不过你要注意，我的权力很大，而我只不过是最底层的守门人。从一个大厅到另一个大厅都有看门的，他们的权力一个比一个大。就连我，到了第三个守门人那儿便看也不敢看他一眼了。"

  从乡下来的这个人没想到进入法律之门会有这么多困难。他想，法律不是该随时随地对每一个人都开放的吗？但当他仔细看着穿皮大衣的守门人。看着他那大大的尖鼻子，他那细长的黑色的鞑靼胡子时，他便决定情愿等下去，等到得到允许的时候再进去。守门人给了他一张小板凳，让他在门旁坐下。日复一日，年复一年，他就这么等着。他多次试着要进去，守门人也被他弄得不胜其烦。时而守门人也对他做一些小小的"审讯"，询问关于他家乡的详细情况，又问了许多其他的事，就像大人物那样，用那么一种漠然的态度询问他。而每次到最后总要告诉他，现在还不能放他进去。这个人从乡下来的时候带着各式各样的东西，所有这些东西，不管有多贵重，他都用来贿赂守门人了。守门人也收下了所有的贿赂，不过每次他都说："我收下这些东西，是为了让你觉得，你能做的你都做了。"

在这许多年里头，这个人几乎总是毫不间断地观察着守门人。他忘了其他守门人的存在，这守第一道门的人便成了他进门的唯一障碍了。在早几年里，他毫无顾忌地大声诅骂这不幸的偶然事件。后来，他渐渐老了，只能自语自言，喃喃有词地埋怨了。在常年的观察中，他觉察到守门人皮衣领上有跳蚤，于是便向跳蚤请求起来了，求它们使守门人改变主意，放他进去。最后他的视力弱了，但他不知道到底是周围真的暗下来了呢，还是他有了幻觉。不过在这片昏暗之中他却看见从法律的门里射出一道金光。现在他活不长了，临死之前，这些年的经历在他脑海中汇聚成一个他还没有提出过的问题。他身体僵硬得坐不起来了，便用手把守门人招呼过来，现在他们之间高矮的差别显得对这人更加不利，守门人不得不弯下腰。

"你现在还想知道些什么呢？"守门人问，"你真是不知足啊！"

这人说："不是所有的人都在寻求法律吗？但是这许多年里，怎么除了我，再也没有旁人来要求进入这道门呢？"

守门人看出，乡下人已快要断气了，为了让他能听得见，便大声对他喊道："这个大门没有其他人能进得去，因为它是专门为你而开的。现在我得把它关起来了。"

父 亲

［挪威］比昂松

故事中要讲的这个人，是他所属的教区中最富有、也是最有影响的人，名叫索尔德·奥弗拉斯。一天，他来到牧师的书房，神情肃穆，趾高气扬。

"我生了个儿子，"他说，"我想带他来接受洗礼。"

"他取什么名字？"

"芬恩——仿照我父亲的名字。"

"教父母是谁？"

名字说了出来，是索尔德在这个教区的亲属中被认为是最合适的人。

"还有什么事吗？"牧师抬头问道，农夫迟疑了一会儿。

"我很想让他能单独接受洗礼。"

"这么说要在礼拜天以外的日子了。"

"就在下星期六，中午12点。"

"还有什么？"牧师问。

"没什么了。"农夫摆弄着他的帽子，仿佛就要离去。

这时牧师站了起来。"还有一件事，"他说着便向索尔德走去，拿起他的手，庄重地凝视着他的眼睛，"上帝断定这孩子会给你带来幸福的！"

16年后的一天，索尔德又一次站在牧师的书房里。

"真的，索尔德，你保养得这么好真令人吃惊。"牧师说道，因为他看到索尔德几乎没有任何变化。

"这是因为我无忧无虑。"索尔德回答说。

牧师对此没说什么。过了一会儿，他问："今晚有何贵干？"

"今晚是为我儿子来的，他明天要来行按手礼。"

"他是个聪明的孩子。"

"在没听到明天他在教堂里排列的次序之前，我不会把钱付给牧师的。"

"他将名列第一。"

"这么说我听到了，这是给你的 10 块钱。"

"还有什么事要我做吗？"牧师问道，他两眼注视着索尔德。

"没了。"

索尔德向外走去。

又过了 8 年。一天，牧师的书房外传来了一阵喧闹声，因为来了不少人。索尔德走在人群的前面，第一个进入书房。

牧师抬起来，认出了索尔德。

"今晚随你来的人很多，索尔德。"他说。

"我来这儿是请求为我儿子公布结婚预告的。他马上要迎娶古德蒙特的女儿卡伦·斯托莉迪，她就站在我儿子的身旁。"

"呵，她可是教区里最富有的姑娘。"

"大伙也都这么说。"农夫回答说，一只手把头发向后掠了掠。

牧师坐了片刻，似乎在沉思，随后把名字写在簿子上，没再吭声了。他们在名字的下面签了字。索尔德把 3 块钱放在桌上。

"一块钱就够了。"牧师说。

"我完全清楚，不过他是我的独子，我想把事情办得体面些。"

牧师拿起钱。

"索尔德，这是你第三次为你儿子来这儿了。"

"如今我总算了结了心事。"索尔德说，他扣上钱包便道别了。

人们缓缓地跟在他的后面。

两星期后的一天，风平浪静，父子划船过湖，为筹办婚礼前往斯托利登。

"座板放得不牢。"儿子说着便站了起来，把他坐的那块座板放直。

就在这时，他从船舷上一滑，双手一伸，发出一声尖叫，落入湖中。

"抓住桨！"父亲嚷着，旋即站起来递出船桨。

可是儿子经过一番挣扎后，不再动弹了。

"等一等!"父亲叫道，开始把船向儿子那儿划去。

儿子这时仰浮了上来，久久地向他父亲看了最后一眼，沉没下去。

索尔德简直不相信会有这种事，他把船稳住，死死盯住他儿子的没顶之处，好像他一定还会露出水面。湖面上泛起了一些泡沫，接着又是一些，最后一个大气泡破裂了，湖面上水平如镜。

人们看见这位父亲绕着这块地方划了三天三夜，不吃不喝，目不交睫。

他一直在湖中荡来荡去，寻找他儿子的尸体。直到第四天早晨，他找到了。他双手捧着儿子的尸体，越过丘陵向家园走去。

大约一年后，一个秋天的黄昏，牧师听到门外的走廊上有人在小心翼翼摸索着门闩的声音。他打开大门，一个身材高大、瘦骨嶙峋的男人走了进来。他弯腰曲背，满头银丝。牧师看了很久才把他认了出来，是索尔德。

"这么晚还出来?"牧师木然不动地立在他的面前问道。

"呵，是的!是晚了。"索尔德边说边坐了下来。

牧师也坐下了，似乎在等待着。接着，一阵长时间的沉默。索尔德终于说道:

"我带了些钱想送给穷人，我想把它作为我儿子的遗赠献出去。"

他站起来把钱放在桌上，又坐了下去。

牧师数了数。

"这笔钱数目很大。"他说道。

"是我庄园一半的价钱。我今天早上把庄园卖了。"

牧师坐在那儿，沉吟了许久。最后，他轻声问道:

"索尔德，你现在打算做什么呢?"

"做些好事。"

他们坐了一会儿，索尔德双目低垂，牧师目不转睛地盯着他。没多久，牧师说道，声音温存而缓慢:

"我想你的儿子最终给你带来了真正的幸福。"

"是的，我自己也这么想。"索尔德说着抬起了头，两大滴泪水慢慢地沿着脸颊流了下来。

鹰 巢

[挪威] 比昂松

恩德雷是一个又小又偏僻教区里一个农庄的名称，周围是崇山峻岭。农庄位于一个平坦而肥沃的山谷。发源于群山丛中的一条大河，从山谷中穿流而过，注入教区附近的湖泊，给四周的山乡添上一片绮丽的风光。

农庄主人原先是到恩德雷湖摆渡的，他第一个在这个山谷里披荆斩棘，开垦荒地；他叫恩德雷，如今住在这儿的是他的后裔。据说恩德雷是犯了杀人罪才逃到这儿来的，他的家庭之所以这样神秘，原因也就在这里，不过也有人说，这是由于大山的关系，仲夏的午后，5点就不见阳光了。

教区有一处上空孤悬着一个鹰巢。鹰巢筑在一座大山的悬崖绝壁上。人人都能看见雌鹰落在鹰巢上，但是谁也无法攀登上去。雄鹰在教区的上空盘旋翱翔，一会儿猝然下降，抓走一只绵羊，一会儿猛扎下来，攫去一只小山羊；有一次它甚至拎着一个小孩，然后冲天而去。因此，在这座大山上，庆父不死，鲁难未已。当地居民有个传说，说是古时候，有两兄弟攀登上山，捣毁了鹰巢，但是如今已经没人能上了。

在恩德雷农庄，不论什么时候，只要两个人碰在一起，就谈论着那个鹰巢，然后抬头看看。在新年中，当这对兀鹰再次出现的时候，人人都知道它们原先猛扑下来杀生的地方；也知道谁最后做出最大努力，想攀上悬崖绝壁。当地的小伙子们从儿时就开始练习爬山，上树，搏斗，扭打，为的是有朝一日能够仿效古时两兄弟的壮举，攀登大山的绝顶，捣毁鹰巢。

　　在讲述这个故事期间，恩德雷农庄有个最聪明的孩子叫利夫，他并不是恩德雷家族的人。卷曲的头发，小小的眼睛，在一切游戏中他聪明伶俐，而且欢喜漂亮的小姑娘。他很早就立下豪言壮语，说有朝一日，他一定要攀登这座大山，直捣鹰巢。但是上了年纪的人却说，他不应该夸下海口。

　　这话大大刺伤了他的自尊心，因此，在他还没有成年就开始爬山了。那是早春一个阳光灿烂的星期六上午；雏鹰一定快要破壳而出了。一大群人聚集在山脚下，观看利夫的壮举；老年人极力劝他放弃这种危险的尝试，小伙子们则尽量怂恿他上去。

　　但是利夫自有主意。他等待着，一直等到雌鹰离巢飞去，于是他纵身一跳，攀住离地几米高的一棵大树的树干。这棵大树生长在岩石裂缝里，他从这个裂缝开始往上爬。小石子儿在他的脚下松动起来，泥沙和砾石滚滚而下，除了背后奔流的山涧发出压抑的、没完没了的哗哗声以外，一片宁静。不久，他就攀到大山开始凸出的地方了。他在这儿用一只手攀在岩石上，把身子悬空了很长时间，同时用一只脚探索立足点，因为脚下的情况他根本看不见。很多人，特别是女人，都背过脸去，说要是他的生身父母还健在的话，决不会允许他干出这种玩命的行径来。他的脚终于找到了立足点，不断探索攀登，一会儿用一只手，一会儿用一只脚，抓牢、站稳；他有时失手，有时滑脚，接着又把身子悬空吊起来。站在山脚下的人们静得连彼此的呼吸都听得见。

　　一位远离大家、坐在一块岩石上的高个子小姑娘，蓦地跳了起来；据说她从小就许配给利夫了，尽管他跟她没有宗族关系。她张开双臂，大声喊叫："利夫，利夫，你干吗要往上爬哟？"人人都扭过头来看着她。站在旁边的姑娘的父亲严厉地盯了她一眼，但是她根本没有理睬。"利夫，还是下来吧，"她叫喊，"我爱你，你在山上只会落得一场空！"

　　大家看见利夫正在犹豫不决；他迟疑了一会儿，然后继续往上攀援。有长长一段时间，他的进展十分顺利，因为他踏得稳当，握得坚实；但是一会儿以后，他仿佛渐渐变得筋疲力尽，因为他常常爬爬停停。不久一块石头像是不祥之兆似的滚了下来，在场的人不能不注视着这块石头落下来的途径。有的人再也不忍心看下去，转身走了。那位小姑娘仍旧站在岩石上，绞着手，目不转睛地朝山上凝望。

利夫再次用一只手攀住岩石，但是手一滑没有攀住；小姑娘在山下看得一清二楚；然后利夫使尽气力用另一只手去抓岩石，但是他的手又滑下来了。"利夫！"小姑娘呼喊，喊声响彻群山，所有的人都跟着她喊叫。

"他滑下来啦！"大家一声惊叫；男男女女都朝他举起双手。他真的夹带着沙粒、石子、泥土滑下来了，滑下来了，不停地往下滑，越滑越快。大家都背过脸去，接着就听见他们身后传来一阵阵沙沙声和嚓嚓声，这以后就听见什么沉重的物体，仿佛是一大堆湿土，轰然一声落在地上。

当大家能够四下看看的时候，只见利夫躺在地上，跌得粉身碎骨，血肉模糊。那位小姑娘一下昏倒在岩石上，她父亲立刻把她抱在怀里走了。

原来下过一番工夫，煽动利夫从事危险的登山活动的小伙子们，这会儿连帮忙把他抬起来的勇气也没有了；有的人甚至不敢对他看一眼。因此，老年人不得不走到前面来。年纪最大的一位老人，一面抱住死者的尸体，一面说："太惨了。不过，"他又说，朝山上瞥了一眼，"鹰巢筑得那么高毕竟是件好事，不是人人都能上得去的。"

一个爱情故事

〔瑞士〕卡文

在窗子底下唱情歌或者大喊大叫，弄得满城风雨，不用说，我们这儿不兴这一套。

两个人你来我往，如此而已。噢！当然了，免不了有时候会看到两个身强体壮的小伙子像两只公鸡一样地一阵恶斗，但是这并不能赢得人们对他们的尊敬。

并非人们没有感情，不是，而是人们宁愿不显山，不露水，把事情藏在心里，慢慢地琢磨它的味道。

好几年以前，阿尔贝死了女人，她给他留下一个16岁的儿子。雷阿死了丈夫，身边也有一个和阿尔贝的儿子年龄相仿的小子。阿尔贝和雷阿是在合唱队里认识的，因此雷阿下午经常到阿尔贝那里去。这事神不知鬼不觉地过去了许多年。两个孩子都找了老实的姑娘结了婚，并且两个姑娘是表姐妹。他们经常一起出去玩，一起去采花，采蘑菇，一个邀请父亲，一个邀请母亲，全然不知道两位老人彼此之间的熟悉程度超出他们的想象。

两年以后他们才发现他们彼此有意，阿尔贝和雷阿结果什么都承认了，还说他们正想组织个家庭。孩子们打心眼里高兴，两个老人于是想到应该把事办了。又拖了几个月之后，他们去登结婚启事。

可是就在这个节骨眼上，阿尔贝却一下子病倒了，还病得不轻。婚礼只好推迟了。后来虽然阿尔贝病好了，但他却没再谈结婚的事。雷阿也没有任何表示。等他们再次决定要结婚的时候，两人都已经 70 岁了。孩子们有些在暗中笑他们了。他们又去登结婚启事。

又在这个节骨眼上，离婚礼还有一个星期的时候，雷阿的哥哥去世了。自然服丧期间是不能结婚的，何况雷阿甚感悲痛。这么大年纪，别人的死会对她有压力，至少是个信号。结果像上次一样，结婚的事又放下了。等到孩子们费尽九牛二虎之力说服他们同意结婚的时候，阿尔贝已经 85 岁了。可是两个老人却热情不高。

"噢！你们不知道，这事拖 45 年了，你们想……"

话是这么说，可他们还是去登了结婚启事。

这又是一个节骨眼，结婚那天上午，他们忘了，没有去参加婚礼。从那天以后，他们再也不愿意提结婚的事了。

阿尔贝活到了 92 岁，死于一场事故。那是春天的一个早晨，他早早地起了床，来到铁路的路基上。他没有听见日内瓦到苏黎世的快车的到来。当人们把他抬起来的时候，他为雷阿采的紫罗兰飘落了一地……她只比他多活了半个月。

我跟您说，乡下的人并非没有感情，他们只不过把它藏在心里罢了……

一个黑夜

[爱尔兰] 贝克特

　　发现他伏地趴着。没有谁惦记他，没有谁寻找他，一位老妇人发现了他。大概说来这是很久以前的事了。她漫无目标地寻找着野花，仅仅是黄色儿的。一心盼着野花却意外碰见他伏在那儿。他面孔朝地两臂伸展，身穿大衣，尽管不合时宜。挨着尸体隐约露出一长排钮扣从头到尾系扣着他，各种钮扣形状相异大小不一，裙子穿得略高但仍然依地拖曳，乍看也吻合。头颅近旁斜躺着一顶帽子，从帽边帽顶便看得出来他身着略呈绿色衣服趴着并不太显眼。从远处再瞅上一眼只见得那个白色头颅。她是否以往在什么地方见过他。在他脚的某个部位见过。她全身衣着乌黑，长长的裙边在草地里拖曳着。天色已暗。现在她是否该离去走进东方。这是她的影子过去常走的方向。一条漫长的黑影。这是出生羊羔的时节。可并不见羊羔。她望不到一头。假设碰巧有第三者路过他只能见到躯体。起初一眼是那位老妇人站立的躯体。走近再一瞧躯体就地趴着。乍看也吻合。荒野，老妇人一身黑服一动不动。身躯在地上纹丝不动。黑色臂端上是黄颜色的。白发在草地间。东方在夜晚动弹不得。天气，天空昼夜阴云密布。西北偏西的边角终于露出了太阳。要雨水吗？要是你愿意下几颗雨滴。要是你愿望清晨下几颗雨滴。就此刻说定。这是很久以前的事了。一整天关闭在屋内她现在和太阳一起出来了。她加紧步子想拿下整个荒野。奇怪路途杳无人迹。她漫无边际地瞎走。狂热地寻找着野花。狂热地眼巴巴看着夜幕降临的危急。她惊愕地说每年这个年头怎不见有一大群羊羔。早年丧夫那会儿她还年轻穿着一身黑衣。为了让坟上的花儿再度开花她浪迹四处寻觅他昔日钟爱的花朵。为了给他的黑色臂端上配上黄花她费尽心机最后还落得两手空空。这是她出门第三桩吃惊的事情，因为这该是野花遍地的时节。她的故友她的身影使她厌恶。受不了因此她把面孔转向太阳。她渴望夕阳西落、渴望在漫长的夕照中再次毫无顾忌地游荡。更为凄伤的是她的长黑裙在草地拖曳时发出熟悉的瑟瑟声。她走着，两眼半睁半闭像似朝着光亮走去。她可能会自言自语说对于一个简简单单的3月或4月的夜晚这一切显得过分奇怪了。终不见人烟。终不见羊羔。终不见野花。身影和瑟瑟声令人厌恶。行走途中脚震动了一具尸体。意外，没有谁惦记他。没有谁寻找他。黑色绿色的服装现在看来激动人心。白色头颅旁依稀可见几片拔落的野花。一张阳光晒焦陈旧的面容。一幅生动的场景如果你愿那么说的话。现在开始万籁俱寂只要她不再走动。终于太阳西下，太阳不见了，阴影笼罩万物。这儿四周只有阴影一片。余辉渐渐隐退。黑夜无星无月。一切显得吻合。不过仅此而已。

鞋匠布隆杜

［比利时］佩里埃

　　在巴黎有一个名叫布隆杜的鞋匠。他住在蒂罗伊广场，以缝补皮鞋为业，过着无忧无虑的生活。他嗜酒胜过一切，而且乐于与人共饮，他终日哼哼唧唧地唱个不停，不知人间有什么烦恼。他一生中只遇到两件犯愁的事。

　　第一件是：他在破墙中发现了一个铁罐，罐中装有大量的古代钱币，有金币，也有银币。他不知道这些古币值多少钱，因而发起愁来。歌也不唱了，心里总是盘算那个铁罐。

　　"这种钱现在已不通用，"他思忖着，"我没法用它去买面包或酒，如果拿到金店去卖，他们不是骗我，使我折损这份财宝，就是向我勒索，让我所剩无几。"

　　后来他又担心起来，生怕铁罐没有藏牢被人偷去。所以隔一会儿就去看看，使他很烦恼，不过很快他就恢复了理智。

　　"我的心事总是纠缠在这个事上，"他说，"岂不让了解我的人见怪吗？那东西只会使我倒霉！"

　　想通了之后，他拿起这罐财宝，毫不心疼地扔进了塞纳河，他的烦恼也随之清除了。

　　另一件是：他被住在他家对面的绅士搞得很苦。这位绅士养了一只猴子，这猴子经常捉弄布隆杜。当他切皮革的时候，这个畜生就从高处的一个窗口瞧着他，留心他的动作。布隆杜一离开，猴子就下来跑进他的屋子，拿起他的刀，模仿着鞋匠切皮革。

这个可怜的人不得不把他所有的皮革锁起来，才敢出去干什么事情，如果忘记了收藏，猴子决不客气地把这些皮革切成碎片。这使他十分恼火，然而由于害怕得罪猴子的主人，他也不敢伤害它。可是他咽不下这口气，决心寻机报仇。

这只猴子看见鞋匠做什么，就模仿着做什么。如果布隆杜磨刀，猴子就学着他的样子磨刀。他干活时把靴子夹在两膝之间，猴子来了，也拿一只靴子夹在两膝之间。布隆杜把这一切都看在眼里。

经过一番琢磨之后，他把他的刀磨得非常锋利。然后当猴子偷偷看着他的时候，他便拿起刀在喉咙前划来划去。等到他认为足以引起猴子注意以后，便离开屋子，到外面吃饭去了。

猴子飞快地跑下来，它急于想试一试刚学的新动作。它拿起刀对着自己的喉咙，像布隆杜那样地来回划，这可不是闹着玩的，几下就把喉咙割断了，不大一会儿就死了。

女人和孩子

[罗马尼亚] 阿尔盖齐

一个女人怀里抱着个孩子，在火车站上错了车。售票员骂她为什么不看清车次和方向，按规定，检票员还要罚她的款，他是专门给人讲授什么叫做舞弊和义务的。这女人忍受着辱骂，紧贴着门站着。她光着脚，敞着怀，没有半点假正经。一个瘦骨嶙峋的孩子吸吮着她那干瘪的乳房。高贵的圣像画里常见的那种极度受苦的模样儿，是令人难以忍受的，特别是想到女人还可以被追求，而且能受孕，或者，尤其是想到她那无光的眼睛曾经闪烁过，她的双臂还被搂抱过，肚子也曾享受过女人的欢乐。想到这些，真想攥紧拳头，把这下流的、腐败的世界砸它个稀巴烂。

两站之间，沿途有一条铺了柏油的马路。当女人和孩子从那熙熙攘攘的街上穿过时，他们显得比在无声的解剖室里还要孤独。他们只不过做错了一点纯粹是对自己不利的小事，可是谁也不问一声他们想做什么，从哪里来。同所有买了票而且又会区别车次不会弄错的人一样，他们也有自由。似乎谁也没有义务来寻找这个孤独的儿童身旁的孤独的女人。在她所经历的这段可怕的寂静中，却还要去尽母亲的责任和义务。

从那不修边幅的外表来看，仿佛这女人是个疯子，一块裙子布从肩头一直搭到膝盖，不该笑的时候她也笑，她还不时地半带惊恐又半带真情地望着正在蚕食她的躯体的孩子。只有尽义务的本能仍完好无缺，正是这种本能驱使她来到车站。

"你要到哪儿去？"有人问她。

"不知道。"女人清楚地回答，"我去车站。"

"从车站再去哪儿？"

"不知道。"

"那么，你为什么去车站？"一个人颇有逻辑地问。

"不知道。"女人平静地回答。

"拿着这个金币吧。"有人说着伸手递给她一块新的金币。

女人没去拿那块黄澄澄的钱币，只是看着它闪烁的光芒，像是一支点燃了的香烟。她笑了，似乎根本不需要它。

"拿去吧，给孩子买点什么。"车厢里一个妇女鼓励着她。

女人又笑了，她的眼睛似乎在说什么，嘴唇也微微动了一动。

正在下车的时候，抱孩子的女人说：

"他已经死了！"

森林里的故事

［保加利亚］斯塔内夫

在长着稀疏的青草和灌木的林间隙地旁边，一棵高大的山毛榉巍然矗立。它的树干犹如一根灰色大理石圆柱插向青天，使周围的树木相形见绌，而树干的上端隐没在绿叶纷披的枝丫之间。它的树根犹如一条条粗壮的赤练蛇，在地下舒展遒劲，支撑着森林中这棵独占鳌头的大树，并供给它养分。清晨，阳光首先给山毛榉的树冠抹上一片金黄，然后才照射到其他树上。

深褐色的树蘑和苔藓附着在山毛榉背阴的一面，而下部的枝丫挂满了女妖头发般柔软的浅黄色茸毛，露出一道道酷似肿大的伤口。山毛榉的树冠下有个小洞，每到春天和秋天，洞里总是长满一嘟噜一嘟噜珍珠般发亮的银灰色蘑菇——这棵树曾经遭受虫害。

一对燕雀在山毛榉下部的枝丫上营巢安家已有几年了。它们从这棵树上衔来干枯的苔藓、地衣和由于日晒雨淋而脱落的树皮，营造了一个球状的坚固的鸟巢。鸟巢附在一根细枝上，看上去就像山毛榉的一个裹着地衣的节疤。

雄鸟起早贪黑地伫立枝头，神气地亮开嗓子鸣唱，那歌声就像夜莺的啁啾啼啭。高大的山毛榉柔和的树阴，宛如浅绿色的闪耀着点点光斑的漂亮帐幕，雄鸟就身居其中昂头鸣唱，那长着玫瑰色绒毛的胸脯一起一伏。它怡然自得地眯缝着一对黑亮的小眼，深绿色的尾巴随着心脏的跳动而不停地扇动。它欢乐的歌声在林中回荡，同百鸟的歌声融在一起。

此时，雌鸟已在巢中下了7个榛子般大小的白蛋。

啄木鸟时不时飞来啄啄树干，野鸽或鹞子也时不时栖息树上，但没有任何飞禽发现这个燕雀窝。尽管蚂蚁成群结队地爬上树冠，四处觅食，企图吃掉尚未长毛和睁眼的雏鸟，但它们终未遂愿。7只雏鸟依偎在铺着绒毛和地衣的暖和的鸟巢底部。这对燕雀隐蔽在山毛榉的绿叶下，安安稳稳地过着日子。

一天夜里，6月的星空撒下银色的光华，林间隙地的野花绽开花瓣，吐出浓郁的花香。就在这时，一只貂正在林中走动。这貂瘪着肚子，悄声无息地搜寻着食物。它轻盈地攀上一棵棵大树，用它平滑的小嘴在身子周围嗅着，从一棵树上跃到另一棵树上。它光亮的貂毛反射出微弱的星光，细长的爪子在树皮上几乎不留痕迹。

这只貂来到山毛榉跟前，朝上一望，嗅了嗅树干。它既闻到了草木和腐叶的气味，也闻到了树洞里的气味。小野兽纵身一跳，抓住树干，朝上爬去，树洞里只有朽木和秋风刮来的树叶。这貂撇开树洞，沿着山毛榉伸向侧面的树枝继续爬行。

没有哪只飞禽发现它。雄鸟息在鸟巢上方的树枝上睡觉，它把头缩进一只翅膀，整个身子就像一团地衣。雌鸟张开翅膀挡着夜露，用它的胸脯贴着尚未长毛和睁眼的小宝宝。它把头歪靠在背上睡觉，那姿势很不舒服，只有当妈妈的才能忍受。

那只貂搜查着一根根树枝。凭着经验，它知道鸟们喜欢栖息在大树下部的枝丫上，因为那里风小。况且，它还听见过雄鸟的鸣唱。它来到挂着鸟巢的那根树枝，小心翼翼地爬着，只怕震动枝头。雌鸟被惊醒了。它纹丝不动地伏在鸟巢上，睁开眼睛，骤然发现了星星的反光。树枝已被压弯。貂吃力地抓着树枝，一心想够到挂着鸟巢的小枝。雌鸟看见了小野兽的一对眼睛，那眼睛射出两股似乎是灼热的蓝幽幽的磷光，但它依然伏在小宝宝身上，因为母爱压倒了它对死亡的恐惧。

貂猛地纵身一跳，死死抓住鸟巢，把它从小枝上扯了下来，抱着它掉在一根树枝上。尖利的牙齿刺进了叽叽惨叫的燕雀。随后，小野兽就像猫吃东西一样，慢慢咽下了雌鸟和7只幼雏……

雄鸟醒来了，但它呆在老地方，无计可施。它凄楚地轻轻叫了几声，久久未能安静。

貂吃饱了肚子，现出一副懒洋洋的、若无其事的样子。它钻进树洞，呼噜呼噜地睡着了。山毛榉的树叶喁喁低语，就像远处的山泉淙淙流淌。星星在黑糊糊的森林上空冥冥发光。雄鸟重新把它的头缩进一只翅膀，整个身子依旧像一团地衣。

晨光熹微中，燕雀醒来了，寻找着它的鸟巢。鸟巢在山毛榉的树根上打旋，稀疏的青草上挂着根根深绿色的羽毛。

雄鸟啼叫了很长时间。它不安地伸长脖子，想听到同伴的声音。

无边无际的森林苏醒了。天边的山峦披上了朝霞，晨光依然给山毛榉的树冠抹上一片金黄。橙红色的光斑在它银灰色的树干上跳跃。大树异常温柔。树阴中似有一幅幅飘忽不定的锦缎。千万张柔软的树叶自上而下披着阳光，轻轻摇曳，低声絮语，仿佛山毛榉笑得浑身发抖……

燕雀飞到林间隙地上，啄食了几粒种子和几条蚯蚓，又重新回到树上。它若有所思地、不安地伫立了许久许久。但是，当林中的百鸟放开歌喉时，它也跟着鸣唱了……

清风流水

[日本] 北皇人德

　　人为何而生？每一个人既生于世，必有他独特的用处。

　　这是一位老太太教我的。她晚年因战祸而家破人亡，卖掉了大房子，只留下偏僻处的一间小茶室自住，好在茶室外围有个菜园子。

　　这件事发生时，老太太正带着家人在伊豆山温泉旅行。有个名叫乔治的17岁少年在伊豆山投海自杀，被警察救起。他是个美国黑人与日本人的混血儿，愤世嫉俗，末路穷途。老太太到警察局要求和青年见面。警察知道老太太的来历，同意她和青年谈谈。

　　"孩子，"她说时，乔治扭过头去，像块石头，全然不理，老太太用安详而柔和的语调说下去："孩子，你可知道，你生来是要为这个世界做些除了你以外没人能办到的事吗？"

　　她反复说了好几遍，少年突然回过头来，说道："你说的是像我这样一个黑人？连父母都没有的孩子？"老太太不慌不忙地回答："对！正因为你肤色是黑的，正因为你没有父母，所以，你能做些了不起的妙事。"少年冷笑道："哼，当然啦！你想我会相信这一套？"

　　"跟我来。我让你自己瞧。"她说。

　　老太太把他带回小茶室，叫他在菜园里打杂。虽然生活清苦，她对少年却爱护备至。生活在小菜室中，处身在草木苍郁的环境，乔治慢慢地也心平气和了。老太太给了他一些生长迅速的萝卜种，十天后萝卜发芽生叶，乔治得意地吹着口哨。他又用竹子自制了一支横笛，吹奏自娱，老太太听了称赞道:"除了你没有人为我吹过笛子,乔治,真好听!"

少年似乎渐渐有了生气,老太太便把他送到高中念书。在求学那四年,他继续在茶室园内种菜,也帮老太太做点零活。高中毕业,乔治白天在地下铁道工地做工,晚上在大学夜间部深造。毕业后,在盲人学校任教,他对那些失明的学生关怀备至。

"现在,我已相信,真有别人不能只有我才能做的妙事了。"乔治对老太太说。

"你瞧,对吧?"老太太说,"你如果不是黑皮肤,如果不是孤儿,也许就不能领悟盲童的苦处。只有真正了解别人痛苦的人,才能尽心为别人做美妙的事。你17岁时,最需要的就是有人爱惜你,没有人爱惜,所以那时想死,是吧?你大声呐喊,说你要的根本不可能得到,根本就不存在——可是后来,你自己却有了爱心。"

乔治心悦诚服地点点头。

老太太意犹未尽,继续侃侃而言:"尽管爱护自己的快乐。等到你从他们脸上看到感激的光辉,那时候,甚至像我们这样行将就木的人,也会感到活下去的意义。"

在老太太的茶室里,年轻的乔治利用假日自撰笛曲,吹奏给他的盲学生听。他把流水、浪潮以及绿叶中的风声,都谱进了乐曲。那些盲童眼不能见,手却能写,为那首乐曲题名为:清风流水。

蛙

[日本] 芥川龙之介

在我住所旁边，有一个旧池塘，那里有很多蛙。

池塘周围，长满了茂密的芦苇和菖蒲。在芦苇和菖蒲的那边，高大的白杨林矫健地在风中婆娑。在更远的地方，是静寂的夏空，那儿经常有碎玻璃片似的云，闪着光辉。而这一切都映照在池塘里，比实际的东西更美丽。

蛙在这池塘里，每天无休无止地呱呱呱嘎嘎嘎地叫着。乍一听，那只是呱呱呱嘎嘎嘎的叫声。然而，实际上却是在进行着紧张激烈的辩论。蛙类之善于争辩并不只限于伊索的时代。

那时在芦苇叶上有一只蛙，摆出大学教授的姿态，说道："为什么有水呢？是为了我们蛙游泳。为什么有虫子呢？是为了给我们蛙吃。"

"对呱！对呱！"池塘里的蛙一片叫声。辉映着天空和草木的池塘的水面，几乎都让蛙给占满了，赞成的呼声当然也是很大的。恰好这时候，在白杨树根睡着一条蛇，被这呱呱呱嘎嘎嘎的喧闹声给吵醒了。于是抬起镰刀似的脖子，朝池塘方向看，困倦地舔着嘴唇。

"为什么有土地呢？是为了草木生长。那么，为什么有草木呢？是为了给我们蛙遮阴凉。所以，整个大地都是为了我们蛙啊！"

"对呱！对呱！"

蛇，当它第二次听到这个赞成的声音的时候，便突然把身体像鞭子似地挺起来，优哉游哉地钻进芦苇丛里去，黑眼睛闪着光辉，凝神窥视着池塘里的情况。

芦苇叶上的蛙，依然张着大嘴巴进行雄辩。

"为什么有天空呢？是为了悬起太阳。为什么有太阳呢？是为了把我们蛙的脊背晒干。所以，整个的天空也都是为了我们蛙的啊！水、草木、虫子、土地、天空、太阳，总之所有的一切都是为了我们蛙的。森罗万象，悉皆为我这一事实，已完全没有任何怀疑的余地。当敝人向各位阐明这一事实的同时，还愿向为我们创造了整个宇宙的神，敬致衷心的感谢！应该赞颂神的名字啊！"

蛙仰望着天空，转动了一下眼珠儿，接着又张开大嘴巴说："应该赞颂神的名字啊……"

话音没落，蛇脑袋好像抛出去似地向前一伸，转眼之间这雄辩的蛙被蛇嘴叼住了。

"呱呱呱，糟啦！"

"嘎嘎嘎，糟啦！"

"糟啦！呱呱呱，嘎嘎嘎！"

在池塘里的蛙一片惊叫声中，蛇咬着蛙藏到芦苇里去了。这之后的激烈吵闹，恐怕是这个池塘开天辟地以来从来也没有过的啊。

在一片吵闹声中，我听到年轻的蛙一边哭一边说："水、草木、虫子、土地、天空、太阳，都是为了我们蛙的。那么，蛇是干什么的呢？蛇也是为了我们蛙的吗？"

"是呀！蛇也是为了我们的。要是蛇不来吃，蛙必然会繁殖起来。要是繁殖起来，池塘——世界必然会狭窄起来。所以，蛇就来吃我们蛙。被吃的蛙，也可以说是为多数蛙的幸福而作出的牺牲。是啊，蛇也是为了我们蛙的！世界上所有的一切，悉皆为蛙！应该赞颂神的名字啊！"

我听到一只年老的蛙这么回答道。

阴　谋

[日本] 星新一

　　某动物园里养着一头大象。它的近旁，不知从什么时候起，有一群鸽子安了家。这是有原因的。游客们扔给大象的食物，只要能分给一点余惠，鸽子们就可以不劳而获地吃个饱。

　　鸽子们的生活的确轻松愉快，在无谓的闲谈中送走一天又一天。但是由于闲得无聊，一般的话题也都谈腻了，于是议论渐渐激烈起来。

　　"大象这家伙，我真是从心眼里讨厌它。"

　　"说得对。那个大块头，骄傲得不得了，眼里好像根本没有咱们。"

　　鸽子们发泄着怨气。这怨气本来是出自靠大象的余惠度日的屈辱感，但是谁也不想承认，谁也不说。它们除了说大象几句坏话外，别无良策。

　　"我们一拥齐上，用嘴啄它怎么样？只要我们团结一致来个突然袭击，一定会胜利。"

　　一只心浮气躁的鸽子兴奋地叫起来。别的鸽子却反对这么做。

　　"那么硬干不好。要想一个更狠毒更巧妙的办法治它一下。"

　　于是鸽子们商量起办法来。世上再没有比策划阴谋更高兴的事了。接连几天，鸽子们都专心致志于定计策。不久，妙计终于想出来了。鸽子代表凑到大象跟前，装出一本正经的样子说：

　　"伟大的象先生，只有你才是动物之王吧！"

　　"是吗？谢谢！"

　　"尽管如此，可是你只满足于人类的喂养，不觉得可耻吗？"

"这些事我连想也没想过。可是经你这么一说，觉得也有道理。"

"现在应该觉醒，起来斗争。你比人个头大，力气强，脑袋大，还有长鼻子，怎么也不会输。应该叫人类知道你的厉害。"

鸽子的阴谋是想煽动驯顺的大象起来闹事。然后看着大象是怎样被人类治服，借以取乐。这样一来，蒙受更大屈辱的是大象而不是自己了。

但是，这里有一点估计错了：大象比预想的更听话。它认真地考虑了鸽子的意见，头脑清晰了，浑身充满了力量。于是它撞毁了栅栏，跑到街上去横冲直撞，把眼睛看到的，鼻子碰到的东西全给破坏了；一直到挨了几发子弹，一命呜呼才罢休。

这样一来，鸽子们的长期屈辱生活算是结束了，这是值得祝贺的。可是鸽子们在生存竞争十分激烈的其他地方却难以生活。不到几天，就因为饥饿而悲惨地死掉了。

乐园里的不速之客

[印度] 泰戈尔

这人从不追求单纯的实用。

有用的活儿他不干，却整日想入非非。他捏了几件小玩艺儿——有男人、女人、动物，那都是些上面点缀着花纹的泥制品。他也画画，就这样把时光全耗在这些不必要的、没用的事儿上；人们嘲笑他，有时他也发誓要抛弃那些奇想，可这些奇想已根深蒂固了。

就像一些小男孩很少用功却能顺利通过考试一样，这人毕生致力于无用之事，而死后天国的大门却向他大大敞开着。

正当天国里的判官挥毫之际，掌管人们的天国信使却阴差阳错地把那人发配进了劳动者的乐园。

在这个乐园里，应有尽有，但独无闲暇。

这儿的男人说："天啊，我们没有片刻暇余。"女人们也在唏嘘："加把劲呀，时光不饶人！"他们见人必言："时间珍贵无比"，"我们有干不完的活儿，我们没有放走一分一秒！"如此这般，他们才感到骄傲和欢悦。

可这个新来乍到者，在人世间没做一丁点儿有用事儿就度完了一生的人，却适应不了这劳动乐园的生活规律。他漫不经心地徘徊在大街小道，不时撞在那些忙碌的人们身上；即使躺在绿茸茸的草坪上，或湍急的小溪旁，也总让人感到碍手碍脚，当然免不了要受那些勤勉人的指责啰！

有个少女每天都要匆匆忙忙地去一个"无声"急流旁提水（在乐园里连急流也不会浪费它放声歌唱的精力）。

她轻移碎步，好似娴熟的手指在吉他琴弦上自如地翻飞着；她的乌发也未曾梳理，那缕缕青丝总是好奇地从她前额上飘垂下来，瞅着她那双黑幽幽的大眼睛。

那游手好闲之人站在小溪旁，目睹此情此景，心中陡然升起无限怜悯和同情，好似在看一个乞丐一般。

"啊——嘿!"少女关切地喊道，"您无活可干，是吗?"

这人叹道："干活?! 我从不干活!"

少女糊涂了，又说："如果您愿意的话，我分点活给您。"

"'无声'小溪的少女呀，我一直在等着从您那儿分点活儿。"

"那您喜欢什么样的活儿呢?"

"就把您的水罐给我一个吧，那个空的。"

"水罐? 您想从小溪里提水吗?"

"不，我在水罐上画些画。"

少女愕然："画画，哼! 我才没时间和你这号人磨嘴皮子呢! 我走了!"她就离开了。

可是一个忙忙碌碌的人又怎能对付得了一个无所事事的人呢? 他们每天都见面，每天他都对她说："'无声'小溪的少女呀，给我一个水罐吧，我要在上面画画。"

最后，少女终于让步了。她给了他一个水罐，他便画了起来，画了一条又一条的线，涂了一层又一层的颜色。画完后，少女举起水罐，细细地瞅着，她的眼光渐渐迷惘了，皱着眉头问："这些线条和色彩是什么呀，要表达什么呢?"

这人大笑起来："什么也不是。一幅画本来就可以不意味什么，也不表达什么。"

少女提起水罐走了。回到家里，她把水罐拿在灯下，用研审的目光，从各个角度翻来覆去地品味那些图案。深夜，她又起床点燃了灯，再静静地细看那水罐；她终于平生第一次发现了什么也不是、也不表达什么的东西。

第二天，她又去小溪提水，但已远非以前那样匆忙了。一种新的感觉从她心底萌发出来——一种什么也不是、也不为什么的感觉。

看见画家也站在小溪旁，她颇感慌乱："您要我干什么？""只想给您干更多的事儿。""那您喜欢干啥呢？""给您的乌发扎条彩带。""为什么？""不为什么！"

发带扎好，鲜艳而耀人。劳动乐园里忙碌的少女现在也开始每天花很多时间用彩带来扎头发了。时光在流逝，许多工作不了了之。

乐园里的工作开始荒芜，以前勤快的人现在也开始偷闲了，他们把宝贵的时光耗在了诸如画画、雕塑之类的事上。长老们大为愕然，召开了一次会议，大家一致认为，这种事态在乐园中是史无前例的。

天国信使也匆匆而至，向长老们鞠着躬，道着歉："我错带一人进了乐园，这都怪他。"

那人被叫来了。他一进来，长老们即刻就注意到了他的奇装异服，及其精致的画笔、画板，也立刻就明白了这不是乐园中所需要的那种人。

酋长正言道："这里不是你呆的地方，赶快离开！"

这人宽慰地舒了口气，拾掇好他的画笔及画板。就在他即将离去之际，那少女飞奔而来，"等等我，我和您一块儿走！"

长老们呆住了，在劳动乐园里，以前可是从未有过这等事呀——一件什么也不是、也不为什么的事。

沙的故事

［印度］奥修

　　有一条河流，它发源于一个很远的山区，流经各式各样的乡野，最后它流到了沙漠。就如它跨过了其他每一个障碍，这条河流也试着要去跨越这个沙漠，但是当它进入那些沙子里，它发觉它的水消失了。

　　然而它被说服说它的命运就是要去横越这个沙漠，但是无路可走。就在这个时候，有一个来自沙漠本身隐藏的声音在耳语："风能够横越沙漠，所以河流也能够。"

　　然而河流反对，它继续往沙子里面冲，但是都被吸收了。风可以飞，所以它能够横越沙漠。

　　"以你惯常的方式向前冲，你无法跨越，你不是消失就是变成沼泽，你必须让风带领你到你的目的地。"

　　"但是这要怎么样才能够发生？"

　　"借着让你自己被风所吸收。"

　　这个概念无法被河流所接受，毕竟它以前从来没有被吸收过，它不想失去它的个性。一旦失去了它，河流怎么知道它能否再度形成一条河流？

　　沙子说："风可以来执行这项任务。它把水带上来，带着它越过沙漠，然后再让它掉下来。它以雨水的形式掉下来，然后那些雨水再汇集成一条河流。"

　　"我怎么能够知道它真的会这样呢？"

"它的确如此。如果你不相信，你一定会处于绝境，最多你只能够成为一个沼泽，而即使要成为一个沼泽也必须花上很多很多年的时间，而它绝对跟河流不一样。"

"但我是不是能够保持像现在这样的同一条河流呢?"

那个耳语说:"在这两种情况下你都无法保持如此——

"你本质的部分会被带走而再度形成一条河流。即使现在，你之所以被称为现在的你，也是因为你不知道哪一个部分的你是本质的部分。"

当河流听到这个，有某些回音开始在它的脑海中升起。在朦胧之中，它想起了一个状态，在那个状态下，它，或是一部分的它曾经被风的手臂拉着，的确有这么一回事吗? 河流仍然不敢确定。它似乎同时想到这是一件它真正要去做的事，虽然不见得是一件很明显的事。

河流升起它的蒸气，进入了风儿欢迎的手臂。风儿温和地、而且轻易地带着它一起向前走。当它们到达远处山顶的时候，风儿就让它轻轻地落下来。

由于它曾经怀疑过，所以河流在它自己的头脑里能够深刻地记住那个经验的细节。

它想:"是的，现在我已经学到了真正的认同。"

河流在学习，但是沙子耳语:"我们知道，因为我们每天都看到它在发生，因为我们沙子从河边一直延伸到山区。"

那就是为什么有人说:生命的河流要继续走下去的道路就写在沙子上。

施 舍

［印度］林中花

拉哈布·萨卡尔昂着头，大步地走着。他没带遮阳伞，对灼人的烈日毫不在意。拉哈布恪守自己的处世原则，他天生一副傲骨，不屈从任何人和事。他尽自己的能力帮助别人，却从不指望得到旁人的任何恩惠，追求的只是一辈子活得有尊严、有骨气。

拉哈布正走着，一个黄包车夫来到他身边。车夫摇着铃铛，问道："先生，您要车吗？"拉哈布转过头去，发现那个人瘦得皮包骨头，目光里似乎包含着贪婪的神情。"只有那些没人性的家伙才会以人力车代步。"这是拉哈布坚定不移的观点。因此，他一辈子连轿子都没坐过一回，认为那简直就是犯罪。他用那粗布缝制的甘地服的袖子擦了擦额头上的汗珠，连声说道："不，不，我不要。"一面继续走自己的路。

黄包车夫拉着车子跟在他后面，一路不停地摇铃。突然间，拉哈布的脑子里闪出一个念头：也许拉车是这个穷汉唯一的生存手段。拉哈布是个有学问的人，许多概念——资本主义、平等、穷苦人、上帝、劳动分配、农村的赤贫、工业、封建主义等等，片刻之间都闪进了他的脑海。他又一次回头看了看那黄包车夫——天哪，他是那样面黄肌瘦！拉哈布心里顿时对他生出了怜悯之情。

黄包车夫摇着铃铛，又招呼拉哈布道："来吧，先生！我送您，您要去哪里？"

"去希布塔拉。你要多少钱？""6便士。"

"好吧，你跟我来！"拉哈布·萨卡尔继续步行。

"请上车，先生。""跟我走吧！"拉哈布加快了脚步。

拉黄包车的人跟在他后面小跑。时不时地，拉哈布回头对车夫说："跟着我！"

到了希布塔拉，拉哈布·萨卡尔从衣兜里掏出 6 便士递给黄包车夫，说："拿去吧！""可您根本没坐车呀。"

"我从不坐黄包车。我认为这是一种犯罪。"

"啊？可您一开始就该告诉我！"车夫的脸上露出一种鄙夷的神情。他擦了擦脸上的汗，拉着车子走开了。

"把这钱拿去吧，它是你应得的！"

"可我不是乞丐！"黄包车夫拉着车，消失在街的拐角处。

上帝的契约

[以色列] 伯斯顿著

　　当我看了电视上美国公司向它的客户推销人寿保险的一则广告后，萌发了去看一看毛利斯·特寇维敕的念头。他是我的一个老朋友。为了能在幸福和宁静中延年益寿，他与犹太人国家基金会、他年轻的妻子和仁慈的上帝签署了一份三联契约。我和毛利斯是在克亚特·锑旺——一个乡村小镇相识并成为朋友的，当时我是那里一家地方银行的职员。毛利斯·特寇维敕移居到以色列以后，娶了一位比他年轻得多的女人，毛利斯·特寇维敕将100万美元以贷款的形式交给了犹太人国家基金会，为的是支持一项在耶路撒冷建造一所孤儿院的慈善事业。契约规定：他死后，这笔贷款将自动转为赠款。但是只要他还活着，犹太人国家基金会就要为此付给他高额的利息。

　　当犹太人国家基金会的人到我所在的那家银行落实这件事的时候，我问他，他的单位能否遵守在契约中所承担的义务，他向我解释了为什么他认为这是一件很合算的买卖。他说，捐款人已经87岁了，"你想一个人能活多久？"他说着，银灰色的胡子下面露出了得意的笑容。

　　毛利斯·特寇维敕有着他自己的一套计算方法。作为一个虔诚的人，一个一生中做过很多的善事的人，他坚信上帝会赐予他更长的寿命，直至他看到圣城中这座孤儿院的最终落成。那么他的妻子在这一契约中能够获得什么利益呢？她当然渴望高额的利息能按月存入她的账户，同时她要做的就是确保她的丈夫能长时间地活下去。因为，如果他死了，所有一切将归入犹太人国家基金会的"口袋里"。毛里斯·特寇维敕在安排好了一切之后，满意地离开了我们的小镇，落户到了耶路萨冷。

我终于按照事先的约定来探望他了。为我打开房门的是他的妻子，她怀疑毛利斯是否还能认得出我。的确我也是费了好大劲儿才认出他来。他原先那张圆圆的脸已经扭曲成了三角形。他的妻子让我在他坐着的那把深褐色皮椅前来回走了走，想看一看他的眼中能否会闪现出兴奋的光泽，这样我就可以知道他认出了我，知道是我看望他来了。他的妻子对我说，到了晚上，他常常像一只受了伤的野兽一样啜泣，但是两年了，从他的口中从未吐出过一句话。

"到了后来，他唯一的乞求就是早日离开这个世界。"她说。

敲钟的人

[泰国] 司马攻

阳光照在校园里的树上、花朵上、草地上，也灼在他的头上、背上，他微弯着腰在校园里浇花。

一会，他离开校园，朝走廊走去。走廊末端的墙上挂着一个壁钟，天花板有一铜钟悬着，他看钟，稍等一等后，便拉着钟锤下的绳子，一、二、三——一、二、三——一、二、三，他聚精会神地敲了9下上课钟。

嘹亮的钟声在他耳边飘过，他平静地回到校园，继续浇花、剪草。

他是培青中学的杂役，敲上下课钟是他主要责任，同时也兼浇花剪草等粗重工作。他在培青中学敲了20多年的钟，敲白了他的两鬓，敲得眼角满是皱纹。

由于某些原因，培青中学的校舍被改为他用，学生被合并到相距4公里的辅民中学去上课。

他被解雇了，一来他年届60，二来辅民中学已有敲钟的人，从此他不再敲钟了。

培青中学的那口铜钟，声音铿锵悦耳，远近三数公里皆能听到。于是，这铜钟便被迁到辅民中学去。

钟将被取去的前一天，他整整一个上午，坐在钟下凝视这口钟。

迁钟那天，他闪在一个角落，掉着眼泪与钟惜别。

钟终于被迁到辅民中学去了。

一天，辅民中学来了一位老者，他站在椅子上，紧紧地抱着那口铜钟。

"喂！你干什么？"有人在他背后大声呼喝。

他没有回答，只顾轻轻地抚摸着钟。

"有人偷钟呀！"校里的人大声叫喊起来。

几个人围了过来："有人偷钟！""这个人胆子倒不小，光天化日之下，也来偷钟……"众说纷纭，他却一句话也没说。

一位教师走向人群："啊！是你，阿哑，各位，各位，他不是偷钟的，他是这口钟的前一任的敲钟人……阿哑，你回去吧……"教师向他做出了几个手势。

他点点头，眼光却还呆在钟上。

他木然离开辅民中学，他一步一留地慢慢走着。

钟在响，聋哑的他听不到钟声，但他感觉到钟正在响着。

他敲了这口钟 20 多年，他敲出的每一下钟声都亮亮地在他心中响着。

钟在响，钟在颤动，颤动的钟声伴他上路。

老 人

[伊朗] 穆罕默德·赫加泽

听说，在雷扎耶市附近的一个村庄里，有一位一百三十岁的老人。我们前去拜访，一路谈论长寿。年轻人谈笑风生。我从青年们的谈笑声中发现，在他们眼里，"老"是滑稽可笑的。真怪，他们从不用"老"的镜子照一照自己明天的样子！一位上年纪的随行朋友，引经据典，激动地说："人的自然寿命更长，过错在我们自己，我们用'欲望'的剪刀，剪短了生命的绳索！"这位朋友慷慨陈词，并非鞭策青年，因为他知道年轻人不怕老，也不相信自己会老。他说出内心的愿望，是为鞭策自己。

我们来到老人的家。老人坐在垫子上，背靠着墙。他发觉我们走进屋子，望着我们。从他的头部的动作和眼神，看得出他在对我们说什么，但听不清他的声音。

女佣贴在他耳边说，某某先生是位庄园主，同朋友拜访来了。

老人双眉一锁，略微一想，说："我认识，欢迎你。"说话的声音听着费劲、难懂。

两个人搀扶着老人的胳膊，在他耳边说："站起来，他们要给您拍个照。"他像个睡意蒙眬的孩子，不由自主。倘若没有那两个人的帮助，会摔倒的。我思索着："我们手脚灵活，有时尚且为无能苦恼，这个无能的可怜人，却为何至今未因害怕无能而死？他已是风烛残年，这摇曳的生命之灯，临寒风而不灭，究竟靠的是什么？"

他们把老人搀扶到椅子跟前，说："坐下。"

老人似乎没有听见，或是不想去听，他不肯坐下。

我们中间，有一个悄声说："他怕摔倒。"

突然，奇迹出现。老人身子一挺，站直了。他高声说："我不怕，我从来没有怕过！"

我终于明白：老人的生命靠勇敢延续。

是的，我们的软弱、悲伤和短命，都是因为害怕——怕病痛、怕穷困、怕落后、怕倒霉……不然，一个勇敢的人，寿命要超过一百二十岁呵！

我的征婚广告

[以色列] 萨赫诺维奇

青 年

我认真地寻找与我性格相吻合的女士和我相识：我性格风趣，体形挺拔，长着黑眼睛、黑头发。我喜欢运动，夏天骑自行车，冬天滑雪。我们将结伴长时间散步。

我完完全全是个现代派的人，我推崇流行音乐，我们将一起去夜总会跳舞。

我不喝酒也不抽烟。我是个最高纲领主义者（注：指不顾现实，盲目冒进者）。我宁可喜欢天上的鹰也不喜欢煮在汤里的母鸡。我的座右铭是：要么拥有一切，要么索性一无所有。

如果您20～25岁，请给我回音。等待我们的将是欣欣向荣的春天，它将充满了种种意外的惊喜和双方相互的发现。

作为一个禀性非常有创造力的人，我站在取得各项伟大成就的门坎边。

中 年

我认真地寻找与我性格相吻合的女士和我相识：我殷实可靠，精细周到，爱好舒适的家庭生活。我喜欢积极的休息，夏天钓鱼，冬天做时间不长的散步。

我崇尚古老的情歌，我们将一起去听室内音乐会。

我适量地喝酒也抽烟。我不是个最高纲领主义者。我的座右铭是：相互妥协才是维系感情的保证。

宁可要鸡汤也不要当一只热情的鸟的可望不可及的梦想。

如果您40～50岁，请给我回音。等待我们的将是金色的秋天。秋天发生的事儿将不会始料未及，而只会顺理成章，不过这同样令人欢愉。

作为一个禀性善于思考的人，我站在英明的深思熟虑的门坎边。

老　年

我认真地寻找与我性格相吻合的女士与我相识：我已上了年纪，听觉已经退化，我血压升高，而体液酸度下降。

我评价最高的是宁静。夏天我们要坐在能看见树林和小溪的凉台上，冬天——我们俩则坐在电视机旁。

我宁可看反映19世纪生活的电视、电影。

我不喝酒也不抽烟，我还严格节制饮食。

我是个喜欢自我剖析的人。我随时牢记：爱发脾气的细胞不可能回复原状。我的座右铭是：宁要放在被窝里的取暖器也不要热带的太阳。

如果您60～65岁，请给我回音。两人共度漫长的银色的冬天总比一个人冷冰冰默不作声强。

我要邀请您共同享受回忆遥远过去的乐趣。

作为一个禀性能冷静考虑问题的人，我站在……的门坎边。

古老的情歌

[新加坡] 罗伊菲

他们俩的年龄加起来，超过 150 岁！

他寡言少语，内向而深沉，神色间流露着一股狷介孤傲的气质，宛若早期的中国知识分子，看人总不太顺眼。他嗜好不多，唯读书和音乐。对于书，他是"吾一日不读书，便觉面目可憎……"这句话的信徒；对于音乐，他只沉迷西洋古典乐曲，其他不屑一聆。他朋友很少，强调"君子之交"；他憎厌一切他认为和百年中国积弱有关的陋习，包括麻将、乡愿思想和人性贪婪。

她热情外向，有着北方女子的率真和坦直，虽然活了一大把年纪，对世事仍是一派天真。她对人性，有着不可救药的信心，因此三教九流都成好友。她一丝不懂西洋古典乐曲，迷醉的是她哼唱了四十多年的京剧；麻将在她心中是国粹，是治老的最佳"运动"。

若说他是那深森静水，她便是那耀亮的火焰。水火不容的两个人，却成就了亲友口中称道的好姻缘，

有人问她，五十多年相随岁月，如何走过来？她答一个"忍"字；问他呢，他答一个"让"字。

听在追求自我的年轻一代耳中，简直不可思议！如此忍让度一生，人生还有什么乐趣？生命还有什么意义？

若再追问，忍字头上一把刀，难呀！她说：一点不难嘛，凡事多替他想想，不就没怨投气了？问他该怎么让？他说：很简单呀，她喜欢的

190

事，就让她去做，总得给她一片自己的天空。

在他们庆祝金婚的庆典上，来宾请他们发表一个携手半世纪的感想。一向谨言慎行的他，站起来，看着她，慢慢地说："我们结婚时，她19岁。我现在看她，好像还是19岁那时的模样。"

他说得那么坦然自在，站在他们身旁的我不禁感动得落下泪来。

一直不太明白，兴趣嗜好脾气性格都截然迥异的父母亲，是靠了什么，维系住一个和美宁馨的家？如今才了悟，在那一切的忍忍让让之后，有着如此深挚坚诚的情。

而这样的情，在我们功利挂帅、个人为先的现代社会，还找得到吗？擅长"谈"情"说"爱的年轻一代，早抛弃了"天长地久"，只在乎"曾经拥有"。"白发吟"原是一首古老的情歌！

马车上

[南非] 旭莱纳

前几天，我乘柯布公司的车子上这儿来。在路旁一个小旅店里，必须把原来的大马车换成小马车。我们一共是 10 个乘客，8 个男的，2 个女的。我坐在旅店里的时候，那些绅士走来悄悄对我说："那辆新马车容不下所有的人，快坐上去吧。"我们急急忙忙走出去，他们给了我最好的座位，并且用毡子把我盖起来，因为天上正蒙蒙地下着细雨。接着，最后上车的乘客跑到马车跟前来了——一个老太婆，戴着一顶漂亮的无边帽，肩上的黑围巾用一根黄别针别着。

"没空位子啦，"他们说，"你得等下星期的马车才行。"可是老太婆爬上梯磴，双手紧紧地抓着窗户。

"我女婿病啦，我得去看他。"她说。

"我的好太太，"一个人说，"你女婿病了，我实在非常难过；可惜这儿确实没你的地方了。"

"你最好下去吧，"另一个人说，"轮子会碾着你的，"

我站起来，打算把我的位子让给她。

"哦，不，不要！"他们喊着说，"这样做我们过意不去。"

"我倒宁愿跪着。"有一个人说，他在我脚边蹲下来；于是那个女人就进来了。

在那辆马车里，我们一共有 9 个人，只有一个人表现了骑士般的眷顾——那就是一个女人对另一个女人。

有一天我也会变老变丑的，我也会寻求男人们的骑士般的帮助，可是我不会得到。

蜜蜂在采完蜜以前，对花一直是爱护的，以后就是从花上飞过，也不再理它们了。我不知道那些花感激不感激蜜蜂；要是真的感激，它们就是大傻瓜。

这回运气好，没有风

［南非］班纳德

那是在克尼斯纳，一个林工正解释如何伐树。他指出：要是你不知道那棵树砍了会落在哪里，就不要去砍它。"树总是朝支撑少的那一方落下，所以你如果想使树朝哪个方向落下，只要削减那一方的支撑便成了。"他说。我半信半疑，稍有差错，我们就可能一边损失一幢昂贵的小屋，另一边损坏一幢砖砌车库。

我满心焦急，在两幢建筑物中间的地上画一条线。那时还没有链锯，伐树主要是靠腕劲和技巧。老林工朝双手吐口水，挥起斧头。向那棵巨松砍去，树身底处粗一米多。他的年纪看来已六十开外，但臂力十足。

约半小时后，那棵树果然不偏不倚地倒在线上，树梢离开房子很远。我恭贺他砍伐成一堆整齐的圆木，又把树枝劈成柴薪。我告诉他，我绝不会忘记他的砍树心得。

他举起斧头扛在肩上，正要转身离去，却突然说："我们运气好，没有风。永远要提防风。"

老林工的言外之意，我在数年后接到关于一个心脏移植病人的验尸报告时才忽然明白。那次手术想象不到地顺利，病人的复原情况也极好。然而，忽然间一切都不对了，病人死掉了。验尸报告指出病人腿部有一处微伤，伤口感染了肺，导致整个肺丧失机能。

那老林工的脸蓦地在我脑海里浮现。他的声音也响起来："永远要提防风。"简单的事情、基本的真理，需要智慧才能了解。那个病人的死，惨痛地提醒我们"为山九仞，功亏一篑"这个道理。纵使那个伤口对健康的人是无关痛痒，但已夺了那个病人的命。

老林工和他的斧子可能早已入土。然而，他却留下了一个训诫给我，待我得意之时用来警惕自己。人人都得意洋洋时，我会紧紧盯着镜里的影子，对自己说："我们这回运气好，没有风。"

一个老人的问题

［埃及］阿里

酒店快关门的时候，一个衣衫褴褛的老汉迈进门来。酒店伙计惊奇地望着这个陌生客人。看上去，他是位饱经风霜的老人，满面皱纹，步履蹒跚，走起路来甚至跌跌撞撞，鼻梁上架着一副老花镜，右手拄着一根看上去已伴随他20多年的拐棍。

老人一屁股坐在门口的凳子上，打了个手势，请酒店伙计过来，声音颤抖地问："有人问起过我吗？"

伙计闹懵了，忙说："没有啊！"

老人抬起右手，用手指揩了一下脸上的汗水，伤感地说："那么，请给我倒一杯酒来，先生。"

老人叹着气，两只眼睛忧愁地望着门口，慢慢饮完了酒。随后，他用拐棍支着地，哈着腰，低着头，好像寻找坟地似地步出酒店。伙计目送着他，觉得他既可怜又古怪。

10多天过去了，顾客不断光临酒店，酒店伙计几乎忘记了那可怜的老人。但一天夜里，当酒店最后一个顾客走出门时，老人的面孔又出现在门口。他一声不吭地挪进屋内，又坐在门口的凳子上，悲伤地问："有人问起过我吗？"

伙计不安地答道："没有！"

老人抬起右手，用手指揩了一下脸上的汗水，像受了伤似地喃喃地说："那么，请给我倒两杯酒来。先生。"

老人一口一口地抿着酒，两只眼睛呆呆地凝视着门口。酒杯空了，老人用拐棍拄着地，慢慢站起身，缓缓地挪动着步子，磨蹭着出了酒店大门。

几个月过去了，老人一直未再"光临"酒店。一天夜里……

"有人问起过我吗？"

几年过去了，酒店伙计的答复仍是那两个字："没有！"

老人凄惨地说："那么，请给我拿一瓶酒来，先生！"

伙计同情地问："一瓶酒？"

老人点点头，抬眼看了看他，好像明白了他正在故意找话说。

酒拿来了，老人喝着，喝着，喝光了一瓶酒。伙计的眼睛始终注视着他的脸。

老人用拐棍吃力地撑起身，向酒店大门方向挪动着步子，但一个趔趄，拐棍滑出手，他，一下跌在地上。

他的两腿神经质地勾住一张桌子，颤颤巍巍地伸出右手，抓住桌子腿，挣扎着想站起来，但桌子倒了……

伙计赶忙奔过去，两眼涌着泪水，哭着说："最近好像有人问起过您，爸爸！"

信仰与私利

［埃及］陶·哈基姆

　　一群拜物教徒把一棵树当作圣灵来崇拜。信奉真主的一位隐士听到这个消息大发雷霆，他拿起一把斧头，要去把这棵树砍掉。当他刚一走近这棵树，突然一个魔鬼出现在他面前，当住了他的去路，对他喝道：

　　"喂，站住！你为什么要来砍树？"

　　"因为它蛊惑人心。"

　　"这碍你什么事？让他们去上当受骗好了。"

　　"这怎么成呢？我有责任引导他们。"

　　"你应该让人们享有充分的自由，他们爱怎么办就怎么办。"

　　"他们现在并不自由，因为他们正听着妖魔的咒语。"

　　"那么你要他们听你的声音？"

　　"我要他们听真主的声音。"

　　"我绝不让你砍这棵树！"

　　"我非要砍这棵树不可！"

　　于是魔鬼卡住隐士的脖子，隐士揪住魔鬼的角，好一场惊天动地的搏斗。最后，这场恶战以隐士战胜而告结束。魔鬼被打翻在地，隐士骑在他身上说：

　　"你知道我的厉害了吧？"

　　吃了败仗的魔鬼气喘吁吁地回答：

　　"我没有想到你这么有劲。放开我吧，你愿意怎么干就怎么干去吧！"

　　隐士放了魔鬼。可是这一场恶战已经使他精疲力竭，无力砍树，所以他就返回自己隐居的茅庵，休息了一夜。

第二天，他又带上斧头去砍树。突然魔鬼又出现在他身后，喊道：

"今天你又来砍树了吗？"

"我早就对你说了，一定要把这棵树砍掉。"

"你以为今天还能打过我吗？"

"我将奉陪，直到你知道我的厉害。"

"那好，把你的本事使出来吧。"

魔鬼扼住隐士的脖子，隐士抓住魔鬼的角，又一场恶战开始了。最后，魔鬼倒在隐士的脚底下，隐士压在他身上说：

"现在你还有什么话好说？"

"是的，你有惊人的力量。放开我吧，你愿意怎么干就怎么干去吧。"魔鬼有气无力地回答。

于是隐士又放了他，回到茅庵。他实在疲惫不堪。在床上躺了整整一夜。当东方破晓、旭日东升的时候，隐士又拿起斧头要去砍树。这一次魔鬼还是出来阻拦：

"喂，你还没有回心转意吗？"

"是的，我一定要刨除这个祸根。"

"你以为我会放手让你这么干吗？"

"假如你还想较量一下，那么我就再次打败你。"

这时魔鬼心中暗自思量：和这个人博斗起来没有获胜希望的。因为没有谁，能比一个为信仰和理想而战的人更强大。看来战胜这个人的唯一办法就是"计谋"。

于是，他马上堆上一副笑脸，假惺惺推心置腹地对隐士说：

"你知道我为什么反对你砍树吗？我这是为你着想，为你好呵！假如你砍倒了这棵树，那么崇拜这棵树的人就会怨恨你，反对你，你何苦给自己找麻烦呢？别再砍树了吧，我每天给你变两个第纳尔金币，用它开销，你是可以安逸舒适地生活了。"

"两个第纳尔？"

"是的，每天两个。你会在枕头底下拿到。"

隐士低头想了一会儿，然后抬头对魔鬼说：

"谁能担保呢?"

"我可以起誓。你会发现我是信守诺言的。"

"好吧，我将考验考验你。"

"是的，你等着瞧吧。"

"一言为定。"

魔鬼把一只手放在隐士的手上，两人击掌达成协议。然后隐士回家去了。

以后，每天早上，当隐士醒来伸手到枕头底下一摸，总能摸到两个第纳尔，这样持续了整整一个月。一天早上，当他伸手到枕头底下去摸时，却什么也没有，因为魔鬼不再给他金币了。隐士勃然大怒，一跃而起，抓起一把斧头又要去砍树。然而魔鬼在半道上拦住了他，对他喊道：

"站住，你到哪去?"

"去砍树。"

魔鬼讥讽地哈哈大笑：

"砍树? 是因为我切断了你的财源?"

"不。是为了除掉这个孽障，点燃指路的明灯。"

"你?!"

"啊。你是在挖苦我? 你这个讨厌鬼!"

"请原谅，你的模样太可笑了。"

"这是你说的? 你这个狡猾的骗子。"

隐士扑向魔鬼，握住他的角，博斗又开始了。不过这一次打了没多久。战斗却以隐士败在魔鬼的蹄子下而告结束。魔鬼取得了胜利，骑在隐士身上，讥讽地对他说：

"喂，你的力量到哪儿去啦?"

战败的隐士气急败坏地吐出一句话：

"告诉我，你怎么会战胜我的? 魔鬼。"

魔鬼回答道："当你为真主而愤怒的时候，你就能战胜我；当你为自己而生气的时候，我就能战胜你。当你为信仰而战斗时，你就会战胜我；当你为私利而战斗时，我就会战胜你。"